당신을 기억하는 슬픈 버릇이 있다

시인 이용임
서른을 건너다

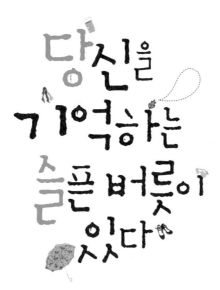

당신을
기억하는
슬픈 버릇이
있다

시랍의날씨

▼ ▼ ♥ ▼

별을 읽는 사람을 만난 여자가 말했다. 꼭 가보세요, 그는 나를 정말 잘 읽었어요. 무어라 읽던가요? 나는 운명적으로 너무나 많은 사람들을 만나지만, 정작 나는 내성적이라 그 상황들이 늘 괴롭다고 했어요. 그러면서 그녀는 나를 똑바로 쳐다보며 또박또박 말했다. 나는 정말 괴롭거든요. 그녀의 가슴 위에 얹힌 작은 주먹이 똑, 똑 그녀의 심장을 덮고 있는 뼈를 두드렸다. 퇴화된 날개의 흔적으로 이어지는 가늘고 흰 뼈.

핸드폰 안에 들어 있는 점성술사의 11개의 숫자를 더듬으며 나는 그 무의식적인 두드림을 생각하고 사막의 작은 해 같던 그녀의 눈빛을 떠올린다. 그녀의 양발이 곱게 디디고 있던 먼지투성이 사무실과 사무실이 얹힌 4층짜리 위태로운 건물, 옥상과 거리를 달구는 초여름이란 시간을.

태어난 날과 시를 거슬러 그날 밤 세계의 숱한 지붕 위로 펼쳐진 별의 지도를 펼치고 운명을 읽어 주는 사람을 만나지 못해 나는 그토록 많은 길을 헤매고 눈이 캄캄해지는 텍스트들을 읽었을까. 삶을 대하는 단순하고 명쾌한 태도가 유행처럼 회자될 때 나는 돌림병에서 도망치듯 세계의 단단한 틀에서 빠져나와 온갖 물음표들이 가득한 문장의 숲 속에서 길을 잃곤 했다. 목련나무 아래서 상한 꽃잎을 머리에 얹고 바라보았던 하늘과 손가락으로 만졌던 흙의 비밀스런 열기를 알아 버린 네 살 적부터 지금까지 내가 감추고 산 물음표, 나의 주홍 글씨.

나는 정말 괴롭거든요. 그리고 똑, 똑 나를 두드리는 나의 소리. 고해성사가 시작되는 소리. 타박타박, 나를 복기하며 걸었던 이름도 기억나지 않는 골목들. 무릎 아래가 사라지는 감각으로 밤마다 쓰고 읽었던 글자들. 버스를 타고 거리를 지날 때에도 창밖을 흘러가는 간판 하나하나를 읽는 버릇이 있다. 그렇게 나는 나의 비밀을 받아들여 주지 않는 세계의 가장자리에서 세계를 읽으며 청춘을 보냈다. 아니, 청춘이라는 시간이 인생에 따로 있을까. 다만 숲이 바다가 되고 다시 사막이 되는 어떤 시기.

그 길고 마른 먼지 창궐한 시간 동안 내가 은밀히 공모한 문장들, 들켜서는 안 될 목마름을 가진 자들과의 비밀스런 산책, 세계의 갈비뼈에 새겨 놓은 이름들을 당신께 보낸다. 내가 사랑한 당신, 내가 그리워한 당신, 얼굴도 모르는 당신, 체취도 아련한 당신, 내가 서성거리며 다만 바라보았던 당신, 당신들. 당신을 향한 나의 기록을, 봄날의 나비를 따라오시라. 두드리시라, 똑, 똑. 나는 정말 괴롭거든요. 혈관의 힘으로 하늘을 나는 나비 무덤, 세상에서 가장 얇은 날개를 가진 당신으로 향하는 나의 심장이 여기, 있다. 무릎과 이마를 맞대고 똑, 똑 두드리자. 그래요, 나는 정말…….

당신을 기억하는
슬픈 버릇이 있다

월요일의 가방

너는 너를 그림자처럼 흘리고 다녔지만/나는 매번 미행에 실패하는구나/눈사람처럼 마음을 켜고/나는 문밖에 서 있었을 뿐인데

- 이장욱 〈간발의 차이〉 중

▼   ▼   ♥   ▽

기다리기만 하면 아무것도 바뀌지 않아요.
길에서 만난 점쟁이가 카드 한 장을 앞으로 밀어 보여 주었다.
'희망'이라는 이름을 가진 카드.
내 안에서 조용히 입술을 달싹였다.
기다리는 것은,
그것도 눈사람처럼 마음을 환하게 켜고 문밖에 서서 기다리는 것은

내가 평생 해오던 일이에요.

물론 공기 중으로 차마 내놓지 못하는 말.

그러나 한 번쯤 손을 내밀고 싶어.

눈송이 1과 눈송이 2가 허공에서 격렬히 교차하는 간발의 차이,

그 순간에 당신의 이름을 부르면

뒤돌아볼래요?

몸에 구름이 가득하단 말이야/몸을 파고든단 말이야/
몸이 온통 구름이면 펼쳐진 하늘이 있다는 것 아니야

- 이원 《이렇게 빠른 끝을 생각한 건 아니야》 중

▼　　▼　　♥　　▽

올 여름은 구름의 잔치였다.
직접 본 구름보다 더 많은,
다양한 구름의 형상을 페이스북으로 만났다.
아무래도 뭉게구름이 세계를 열어젖히고 유람을 나왔나 보다.
사람들은 기꺼이 구름에 마음을 빼앗기고
절대 잡을 수 없는 구름의 형상을 잡으려 애썼다.

그 많았던 비 내리는 날들 중에 이다지도 호쾌한 구름이 출몰한 날들이 이렇게 많았다니, 이건 올 여름의 기적과도 같다.

장쾌한 구름의 오후 동안 모니터의 빛 반사로 굴절된 뭉게구름의 가장자리를 더듬고 나면

늦은 밤, 집 앞 편의점 의자에 앉아 미지근한 캔 맥주를 마시곤 했다. 지상의 빛들이 함부로 휘저은 여름 밤하늘엔 채 모습을 완전히 감추지 못한 구름이 천천히 흘러가곤 했다.

그리하곤 했다.
그 여름 구름은 마치 지상의 소음들을 소거하는 거대한 청소기인 양 그를 올려다보는 사람들의 마음에서 한순간 잡음을 지우고 빛과 같은 고요를 선물하곤 했다.
우리는 모두 사소하게 피로하기에 기꺼이 한순간의 평화에 그를 찬양했다.
구름을 사랑하는 이유는 그걸로 충분하다.

구름은 어둡고 - / 공상은 죄일까

-다나카와 슌타로 《그림》 중

▾ ▾ ♥ ▾

나는 어제를 떠올리는 못된 습관이 있다.
당신을 기억하는 슬픈 버릇이 있다.
커피를 들고 아무도 없는 휴게실에서 쉬면서 구름을 바라본다.
멀리서 보면 저토록 단단해 보이는 것의 속으로 날아간 적이 있다.
텅 비어 있을 거라고 생각했던 구름의 내부는 가는 실 뭉치로 엉켜
있었다.

가늠할 수 없는 슬픔들이 몸속을 횡단하는 혈관 덩어리, 심장.

팔딱거리는 심장에 손을 얹고 생각했다.

당신은 내가 아주 조금이라도 생각이 날까, 그럴까.

당신의 이름은 당신이고,

그건 내 영혼과 마음속에서만 유효한 이름.

내면의 울타리를 건너 햇빛 속으로 나오면 나는 쓸쓸한 타인.

조용히 손을 맞잡고 긴 복도를 다시 돌아 나가는 그림자의 단편.

아주 짧지만 자꾸 읽게 되는 문장처럼 내가 나를 읽는 슬픈 시간.

오늘은 오후에 햇빛이 사선으로 비쳤다.

나는 비스듬한 반쪽으로 환했다.

우리가 발견한 당신이라는/나인 것만 같은 객체에 대
한 찬사

- 김소연 〈이것은 사람이 할 말〉 중

▼　　▼　♥　▼

뼈는 몸을 지탱한다.
뼈는 무른 것들을 애써 곧추세운다.
뼈는 견디게 한다.
무너지지 않게 한다.
그래서 우리는 종종 뼈가 아프다.
뼈가, 시리다.

우는 일이라면 나의 세계에서 일등,

울음을 참는 일도 나의 세계에서 일등.

아무렇지도 않은 듯 웃고 먼지 수북한 마음을 손을 세워 쓸어내린다.

울고 싶은 얼굴이라면 그냥 울어 버렸으면 좋겠어.

하지만 나도 솔직하진 못하니까 아무도 없는 화장실에 달려가 눈물을 흘린다.

그럴 땐 세상의 가장 구석에 몰린 듯 사무치게 춥고 외롭다.

Y 언니가 일산에 왔다가 우리 집 우체통에 커피 한 봉을 놓고 갔다.

그녀는 몰랐을 테지만, 아주 귀한 선물이 되었다.

H 언니가 장갑을 보관 중이라고 연락을 해왔다.

잃어버렸다고 생각한 MP3를 사무실 책상 위에서 찾았다.

손가락을 활짝 펼쳐 다 잃어버리고 싶었던 날,

나를 완전히 떠났다고 생각한 것들이 되돌아왔다.

삶이 거나해졌다.

내가 이곳에서 괜찮아, 괜찮아 하고 손사래를 치며 밀어내던 마음들이 모두 거기 있었다.

그러나 만취하진 않는다.

그건 너무 위험하니까.

뼈를 내보이는 건 중상이다.

뼈는 어둡고 마르고 곧다.

꽃도 향도 모른다.

병이 든 몸으로 중얼거린다.

뼈가 아프다. 뼈가 고프다.

환한 방에서 젓가락을 들어 박자를 치는 일이다.

까악까악 까마귀, 훌쩍훌쩍 뻐꾸기.

휘파람을 불지 않아도 좋아/머리 위로 순식간에/같은
오늘이 흘러간 걸

- 김은경 〈발작하는 구름〉 중

▼　　▼　▼　▽

줄넘기를 잘하는 요령. 하나, 팔을 몸 가까이 붙이고 손목의 스냅으로
가볍게 원을 만든다. 둘, 팔과 다리의 움직임은 박자를 맞춰서 리드미
컬하게. 셋, 얼마나 넘는지 숫자를 세지 않는다. 마지막, 가벼운 표정과
가벼운 마음 그리고 가벼운 몸으로 편안하게 호흡하면서.

허리가 아파 시작한 운동이 일 년이 다 되어 간다. 아주 조금씩 걷는

것이 편안해지고, 아주 조금씩 먹는 양이 늘어나고, 아주 조금씩 허리 사이즈가 줄고, 아주 조금씩 달라지는 많은 것들. 운동 일 년째 되는 날, 단 한 번도 하지 않았던 줄넘기를 해보았다. 난 줄넘기 하나도 못 넘겨요, 라는 말에 웃으며 그럼 운동 일 년이나 하셨으니 한번 해보시죠, 라고 건네준 줄넘기. 아무 생각 없이 줄을 넘었다.

하나 둘 셋……. 열둘, 열셋. 어어어, 하는 동안 나는 편안하게 줄을 넘고 있었다. 신기하네. 줄넘기 연습은 한 번도 한 적이 없는데 왜 이렇게 갑자기 잘될까요? 운동을 하시면서 다리가 튼튼해지고 허리에 힘이 생기고 복부가 탄탄해지셨잖아요. 아주 조금씩 달라진 것들이 내가 모르는 내 안의 다른 것들도 달라지게 만드는 조금은 신기한 일상.

머리 위를 매 순간 바라보지 않아도 시간이 만드는 무늬가 다른 그림을 그리며 발밑에 그림자를 만들듯, 매일 조금의 기쁨과 슬픔과 다정과 고독이 이마 위 꿈을 빚고, 아주 조금씩 흔들리는 감정들의 물결이 달라지는 표정의 미세 주름을 새긴다. 스물부터 스물일곱까지는 누가 나이를 물으면 바로 떠오르지 않아 대답을 즉시 하지 못하곤 했다. 나이가 무의미한 청춘의 시간을 지나오는 동안에도 나는 아주 조금씩 달라졌다. 지금은 그런 눈치 채지 못할 정도의 다름이 몸안에 쌓이는 것이 나이를 먹는다는 것임을 안다. 아니, 아는 척한다고 해야 하나. 침략군 같은 시간에 조금은 다소곳해졌다고 해야 하나.

하나, 둘, 셋! 발끝으로 구름을 향해 튀어 오른다. 휘파람을 한 번 부는 동안 수십, 수백 번의 하늘이 넘어가고 셀 수 없는 풍경들이 흘러 갔다. 몸이 공중에 머무는 동안 그림자는 한없이 작아지고 짙어졌다가 두 발이 지상에 잠시 닿는 순간 쓸쓸하게 커다란 덩치를 잠깐 보여 준다. 조금씩 조금씩 줄을 넘기는 숫자가 늘어 갈수록 내 안팎의 무늬도 모양과 숫자를 달리하며 늘어 가겠지. 기분이 좋을 것도 나쁠 것도 딱히 없는 담담한 하루하루들이 휘파람처럼 솟구쳤다가, 사라진다. 흩어지는 저 구름과도 같이.

바람은 과녁에 박힌 한 웅큼의 울음을 되돌려 줄 거야/
울음은 나의 유일한 힘/아무것도 관통할 수 없지만/
아직 세상을 향해 쏘아댈 순 있어

- 박수현 〈이스마엘의 화살〉 중

▾　▾　▾　▾

울음만이 유일한 힘이라면 외로운 밤마다 복근을 단련해야 하리라.
운동을 하면서 알게 되었다. 뼈가 가벼운 종족일수록 배는 단단해야
한다는 걸. 울음이 제멋대로 흘러나와 세상을 맑은 홍수로 뒤덮지 않
도록 나 자신을 오로지 강한 둑으로 단련해야 한다는 걸.

연남동 골목길은 마른 플라타너스 이파리로 가득했다. 어두운 길을

걸어 불 꺼진 작은 방으로 돌아가면서 시도 때도 없는 눈물이 이유도 없이 흘러나오면 창피한 표정을 플라타너스 이파리로 가리곤 했다. 내게 플라타너스는 시들어 땅에 떨어진 가면, 밀랍으로 빚은 단 하나의 안전한 표정과도 같은 것이었다.

버스를 타고 가다가 문득 가슴을 움켜쥐고 울음을 터뜨리거나 환한 지하철 안에서 책장에 눈물을 떨어뜨릴 때, 떨어지지 않는 감기처럼 시름시름 앓는 우울에 망연자실한다. 너무 많은 이유가 있어서 단 하나의 이유가 생각나지 않는 눈물. 부지불식간에 맞닥뜨린 접촉 사고처럼 난감한 표정으로 아무리 두 눈을 눌러도 멈추지 않는 눈물을 병으로 여겼다. 화장을 지우지 않고 울 수 있는 고난도의 기술을 일찌감치 터득하고 더 넓은 강호의 고수들을 찾아 이 도시의 풍경 갈피마다 기웃거리던 날들. 그런 날이면 집으로 돌아와 숨 막히게 울면서 눈물을 말려 버리거나, 아니면 눈물샘을 막아 몸을 흘러나오지 않은 눈물로 불리고 싶다고 바랐다. 그랬었는데…….

삼십대 초반을 지나면서 그 많던 눈물이 사라졌다. 주말 예능을 보다가도 펑펑 울던 사람이었는데, 극장의 관객들 대부분이 오열하는 영화를 보아도 눈이 붉어지지 않는 다른 의미의 난감함. 드디어 눈물이 다 말라 버렸구나. 울어 버리면 속 시원할 일 앞에서도 좀처럼 울 수 없는 날, 명치를 주먹으로 천천히 두드리며 눈물에 체했을 때의 처방전이 무엇일지 생각하곤 했다. 너무 많이 우는 것의 난감함보다 울지 못하는 것의 답답함이 더했다. 버려진 도시의 둑 안에 갇혀 방류를 잊은 물처럼 눈물은 목구멍을 간질이고, 눈을 간질이고, 꿈과 잠을 어지럽혔다.

눈물을 흘리지 못할수록 피부는 건조해지고 손끝과 발끝이 차가워졌다. 폭우와 폭설이 반복되는 이상 기후가 몇 해째 계속되는 동안. 내가 조금씩 웃음을 잃어가고, 낯선 사람들의 얼굴을 기억하지 못하고, 말라붙은 책을 내고, 새로운 명함을 파는 동안. 퇴근을 하면 골목 초입의 가게에서 맥주 한 캔을 사고 옛날 영화의 비 내리는 풍경 따위를 보면서 불 꺼진 방에 드러누워 잠을 청하는 동안. 나오지 못하고 고인 눈물은 썩지도 않고 맑아 외로운 밤이면 복근을 단련하곤 했다. 배가 단단해질수록 눈물을 더 잘 잊을 수 있겠지. 의식조차 하지 않을 수 있겠지, 이 간지럽고 번거로운 눈물 따위.

그런데 이상도 하지. 마흔을 코앞에 두고 또 사직서를 낸 후 며칠이 지나자 연어가 회귀하듯 눈물이 돌아왔다. 청소를 하다가도, 커피를 마시다가도, 친구와 전화 통화를 하다가도, 운동을 하다가도 문득 흘러나오는 눈물. 완쾌되었다고 믿은 불치병이 기적처럼 재발한 듯 기쁘다. 기뻐 울면서 나는 하하, 소리 내어 웃는다. 단단해진 복근으로 예전보다 길게 쉬지도 않고 울 수 있어서. 아아, 이유 없이 우는 일이라니. 그건 얼마나 난감하고도 아름다운 일인가. 외로운 밤이면 나는 더 잘 울기 위해서 복근을 단련한다.

술집에서 집으로 돌아오는 길 위에 공중화장실은 없다

- 김승강 〈장미의 손길〉 중

▼ ▼ ▼ ▼

날이 추우면 화장실에 관심이 간다. 어쩔 수 없다.

예전부터 화장실에 대한 욕심이 좀 있었다.

지금처럼 깨끗한 공중화장실을 좀처럼 찾기 어려웠던 무렵에는 어디를 가나 신경이 온통 화장실에 쏠려 있었다.

내가 애용했던 화장실은 백화점, 패스트푸드점 그리고 호텔이었다.

벨보이의 정중한 인사를 받으며 호텔 로비로 들어서자마자 화장실을 향해 굽 소리를 울리며 걸어가는 것도 처음 몇 번만 창피했을 뿐.
나는 호텔 화장실의 호사스러움을 느긋하게 즐기며 비치되어 있는
수건으로 꼼꼼히 손을 닦았다.
깔끔하게 닦여 있는 거울에 얼굴을 비추어 보며 환한 불빛과 따뜻
한 공기를 즐겼다.
다른 화장실처럼 밖에서 기다리는 사람 눈치를 보며 서두를 필요도
없어 정말 나는 그곳에서 길에서 쌓은 근심을 풀었던 것 같다.

아는 언니와 연극을 보고, 그녀의 표현을 빌리자면 '정말 대학로스러
운' 실내 포차에서 술을 마셨다.
아차차, 화장실이 바깥에 있었다.
가기 싫어서 꾸욱꾸욱 눌러두다가 어쩔 수 없어 간 화장실은 그야말
로 그냥 공중화장실이었다.
지나는 사람들과 문 하나 사이에 두고 앉아 있노라니
예전 같았으면 질색을 하며 추운 거리를 헤매어 깨끗한 화장실을 찾
았을 내가 떠올랐다.
시간의 힘이라는 걸까, 이것이.
비위가 좋아진 걸까, 단순히 무뎌진 걸까.
시간에 서러워하지 말고 시간을 받아들이자고 생각했다.

아직까지 나는 나의 시간들을 손님처럼 대했던 것 같다.

그래서 나의 기억들도 가끔은 서먹하고 낯설었다.

실수도, 창피함도, 상처도 그냥 덤덤히 내 안으로 끌어안기로 했다.

부러진 뼈는 자연스레 붙을 것이고,

찢어진 살은 연한 선을 남기며 나을 것이다.

그것이 포기라거나 게으름이 아니기를,

그렇다고 성찰이라거나 해탈도 아니기를.

아름다워지자.

정말이지 근사하게 오늘만큼은/저 새와 함께 우아하게/저공비행을 하는 거야/그 어디쯤에 분명 네가 있을 테고/무심한 너의 그림자에 놀라/나는 잠깐 당황하겠지.

- 어태천 〈전력질주〉 중

▼　▼　♥　▼

모로 누워 바라보는 세상은 단조롭다. 요철을 숨긴 지평선과 구름과 나는 평행 관계다. 모로 누운 자세는 내가 아는 바 무언가를 견디기 가장 좋은 자세다. 한 선배는 사랑하는 여자의 잠든 얼굴을 들여다보기 위해 밤새 모로 누워 있었다고 했다. 아침에 허리가 나가 움직일 수 없었다고. 웃어넘기기에는 너무 슬프고 갸륵한 자세.

어제는 좋은 일을 축하하는 친구들의 술자리에 있었다. 그는 내가 모르는 사이 소설을 써서 소설가가 되었고 개명 신청을 했다. 신청이 통과되면, 요즘은 별 어려움 없이 개명이 가능하니, 나는 이제 입에 익은 이름 대신 또 다른 이름과 익숙해지기 위해 많은 시간을 들여야 할 것이다. 이름을 왜 바꿔? 이게 더 좋은 이름이래. 우리는 서로의 이름을 꺼내 놓고 테이블 위에 마른 글씨로 한자를 적었다. 아름다운 나락이라는 이름을 가진 친구는 이렇게 팔자가 뒤틀릴 운명이라며 웃었다. 뻣뻣하고 단조로운 내 이름을 물끄러미 들여다보며 이름이 달라졌다면 지금과는 좀 더 다른 모습으로 살아갈 수 있었을까 생각했다.

오랜만에 뵙는 선생께서 내 얼굴을 유심히 보시더니, 너 요즘 연애하냐고 뜬금없이 물으셨다. 넌 안 돼, 너무 건조해서 하고는 선생께서 헛, 웃음을 터뜨리셨다. 달콤하고 촉촉하고 부드럽고 상냥한, 연애에 적합한 요소들이 내 마음에 없을까 생각해 보았다. 나도 풋, 하고 웃음을 터뜨리고 말았다.

주말에 친구가 있는 포천으로 간다. 그녀와 나, 벌써 십삼 년째. 오랜 세월 동안 우린 참 지리멸렬하게 아름다웠다. 그녀는 내게 아무것도 묻지 않는다. 난 그녀에게 아무것도 대답하지 않아도 된다. 다만 그녀의 작은 손님방에 모로 누워 그저 들숨과 날숨을 연습하면 된다. 허리가 나갈 때까지, 슬프고도 갸륵한.

너를 죽이면 나는 네가 될 수 있는가/모든 안은 다시
바깥이 될 수 있는가

- 김근 〈바깥에게〉 중

▼   ▼   ▼   ▼

작은 심장에 손을 얹고 어둠 속에 앉아 있었다.

아이는 울고 있었다.

아이의 작은 마음은 상처로, 하지만 곧 아물고 지워져 버릴 상처로,

아팠다.

아이는 내게 울면서 말했다.

이모, 너무 오래 기다려야 하잖아.

나는 아이의 조그만 머리에 턱을 얹었다.

기다림을 잘 접어서 마음속에 넣어 두렴.

나중에 꺼내 봤을 때 더 큰 기쁨으로 돌아올 거야.

아이는 이제 48시간을 기다려야만 게임을 할 수 있을 것이다.

아빠 엄마와 그렇게 약속했으니까.

아이 엄마가 내일 다시 컴퓨터를 켜줄지는 잘 모르겠다.

내가 그 나이 때부터 막연하게 기다려왔던 것은 무엇일까.

나는 그것을 찾아서 자꾸만 밖으로 밖으로 떠나는지도 모르겠다.

내가 넣어 두고 잊고 있는 기다림들.

지금은 꺼내 보기 싫은 기다림들.

어서 백발이 되고 싶다.

지는 꽃 위에 누워서 하나씩 하나씩 이 기다림들을 펼쳐 보았으면
좋겠다.

글자도 증발한 누렇게 바랜 편지들을.

글자의 흔적 위에서 나는 아마도 기억하지 못하겠지만,

그때 쓸쓸하다거나 춥지 않고 따뜻했으면 좋겠다.

내가 오늘 아이에게 어둠 속에서 들려준 말이 거짓말이 아니었으면,
좋겠다.

그러니까 개의 밥그릇의 눈빛 같기도 해/산이 등 구부
려 내민 발 앞에 놓인, 개의 밥그릇 같이 생긴 마을/도
장골의 가을이, 너무도 포근해 보였는지

- 김신용 〈도장골 시편 - 가을〉 중

▾　▾　♥　▾

고향에 내려오면 강아지와 보내는 시간이 길어진다. 강아지는 지나
치게 과묵하고 우울해서 늘 멀찌감치 몸을 말고 앉아 홀로 시간을 보
낸다. 책을 읽다가 잠깐 쳐다보면 커다란 눈을 들어 마주 본다. 몸을
길게 늘이고 잠을 자기도 하는데 악몽을 꿀 때면 온몸을 흠칫흠칫거
리며 고통스러워한다. 머리에 손을 얹어 주면 천천히 눈을 뜨는 강아
지. 가끔은 눈물이 흘러내리기도 한다.

처음에 우리 집에 왔을 때 강아지는 내 발등만 했다. 조그만 핸드백에 넣으면 밤톨 같은 얼굴만 내밀고 바람을 쐬곤 했다. 바람 속에서 강아지는 늘 불안한 얼굴이었고 때때로 아픈 표정을 짓기도 했다.

가게에 찾아온 취객에게 크게 맞아 죽을 뻔한 고비를 넘긴 이후로 강아지는 더 겁이 많아져서 철저히 가족만을 따르고 타인을 경계한다. 어쩌다 저를 때린 남자와 비슷한 인상착의를 가진 사람이라도 보면 꼬리를 안으로 말고 죽을 듯이 짖는다. 공포가, 가면처럼 선연히 얼굴에 쓰인다.

엄마가 가게에 나가 계시는 시간 동안 강아지와 나는 같이 밥을 먹고 TV를 보고 과자나 사과를 나눠 먹고 낮잠을 자고 시집을 읽는다. 우리 집 강아지는 시는 좋아하지 않고 소설을 좋아한다. 좋아하는 소설가는 은희경이다. 은희경의 책을 가장 많이 망가뜨렸고, 또한 은희경의 소설을 읽어 주면 귀를 쫑긋 세우고 듣는다.

시험 삼아 랭보의 《지옥에서 보낸 한 철》을 읽어 줬을 때는 채 한 장을 읽기도 전에 바로 잠이 들었다. 낯을 잔뜩 찌푸린 폼이 우스워 자꾸 깨워 가며 읽어 줬더니 나중에는 손등을 살짝 깨물며 항의하기도 했다. 취향 확고하고 입맛 고급이고 우울증을 앓고 있는, 딱 우리 집에서만 사랑받을 강아지다.

강아지의 커다란 눈을 물끄러미 들여다본다. 강아지가 가장 잘 짓는 슬픈 표정을 보고 왜 그래, 슬퍼? 하고 물었더니 한숨을 푹 쉬고 다시 앞발 위에 머리를 얹고 잠든다. 뭘 그런 걸 묻고 그래? 하는 투다. 그래, 뭘 그런 걸 묻고 그럴까. 나는 다시 책을 편다. 트렁크 가득 실어 온 책들이 갑자기 너무 많아 보인다.

(십 년을 함께 살고 강아지는 떠났다. 심장마비라고 했다. 나는 아직도 가끔 바람이 몹시 부는 날이면 손을 옆으로 뻗어 가만가만 그 이름을 부른다. 손가락 끝에 감기는 따듯함. 나를 찾아와 함께 걷고 있을.)

지금 주머니에 있는 걸 다 줘 그러면/사랑해주지, 가난한 아가씨야

- 진은영 〈훔쳐 가는 노래〉 중

▼ ▼ ▼ ▼

며칠 전 TV에서 개그맨 K가
'우정은 위대한 무채색'이라고 하는 말을 들었다.
인생을 명언으로 요약하고 감동으로 포장하는
그의 생이 피곤해 보였다.
베개를 끌어안고 길게 누워서
나는 불량하게 하품을 했다.

오늘, '또', 버스 정류장에 앉아 하늘을 바라보노라니
희미하게 맥이 뛰었다.
실로 네 손목을 묶고 지구 반대편까지 달려가면
내 심장 속에는 구름만 가득할 거야.
그때 문득 느끼는 떨림을 너라고 생각할게.

당신을 기억하는
슬픈 버릇이 있다

화요일의 스카프

의자가 의자로 있고 거기 한 사내가 앉아 있다 그는
나무도 의자도 슬픔도 아니다 지금은 그저 묽고 흔한
겨울 저녁

- 유희경 〈풍경〉 중

회사를 나오면 바로 언니가 되는 팀장님과 꼭 겨울에만 이자카야에
들른다. 남 걱정, 내 걱정에 정신없다가 문득 드는 생각이 이제는 그
녀와 회사 일 말고 다른 걱정을 해도 되지 않을까, 하는.
이를테면,
남자는 어째서 울고 있던 것일까, 같은.
가끔 멍하니 고개를 들어 보면 내 손에 들린 시간이 해지고 바래어

금방이라도 구멍이 날 것 같은.

제법 날이 풀렸다는데도 밤이 되면 바람이 차갑다. 가던
감기가 주춤거린다. 가라, 가란 말이야. 감기야, 넌 가도
좋아. 남기고 싶은 것들은 차고 넘쳐서 오늘도 마음을
여미느라 부산하고.

내일은 바지를 입고 출근해야지, 꼭.
목이 아프다.

나는 수백 개의 여인숙을 소개해줄 수 있는데 기억의
여인숙은 왜 유네스코가 안 되는가

- 김경주 〈팬옵티콘〉 중

▼　▼　♥　▽

한동안 알고 지내던 선배가 오랜만에 연락하여 이런저런 이야기를
나누다가 문득 자신이 알던 내가 아닌 것 같단다. 분명 나에게 이야
기하고 있는데 왠지 다른 사람과 이야기하는 것 같다고. 나빠졌다고?
하고 물었더니 달라졌다고 대답한다. 굳이 가르라면 더 좋아진 것 같
다는, 현답 뒤의 김빠진 사후약방문을 덧붙인다.

달라진 걸까. 좀 더 지켜워지고, 좀 더 덤덤해지고, 애정의 독은 깊어지고, 그래서 잠이 오지 않는 밤중에 그 독에 손을 집어넣어도 이젠 바닥에 손가락이 닿지 않는다는. 좀 더 좀 더 하다가 독 속으로 빠져버릴까 봐 가장자리에 배를 걸치고 허우적거리기만 한다는. 좀 더 얄팍해지고, 좀 더 잘 울게 되고, 좀 더 겁이 많아지고. 가만히 거울을 들여다보면 눈이 좀 작아진 것 같은데 왜 그런지 갸우뚱거리며, 그렇지, 좀 더 혼잣말을 많이 하고.

그런 게 아니겠지. 우리가 만나지 못했던 어느 시간 동안 나를 무늬지었던 기억들이 내 문양을 또 달라지게 한 것일지도. 영혼과 육체는 원래 무형인지라 영혼의 무늬만큼 육체의 무늬도 달라지고, 육체의 문양이 영혼의 문양을 흔든다. 좀 더 가볍게, 좀 더 아무렇지도 않은 듯 말하고 그 무게만큼 얼룩진다는.

아주 오랜 세월이 흐른 후 나이를 짐작할 수 없는 여행자가 허름한 숙소의 침대 위에 낡은 배낭을 내려놓으며 입술을 열 때, 문득 공기 중으로 뿜어져 나올 흰 김과 단내를 당신은 기억하나요. 그때가 되더라도 그대여, 부디 나를 잊지 말아요.

내가 생각을 하면 플랫은 팽이처럼 돈다. 나는 플랫을
버릴 수도 있다. 플랫에는 무수한 난쟁이들이 매달려
있다. 그중에는 내가 결코 버려서는 안 되는 사람들도
있다. 이를테면…….

- 장이지 〈마음속을 두드려보면 - 플랫〉 중

▼　▼　▼　▼

창이 흔들린다. 일기 예보엔 비가 내린다고 했는데, 빗방울 없는 마른
바람이 분다. 나는 스카프를 잃어버렸다. 무례하고 못된 바람 하나가
목덜미를 잡아챘고, 다음 순간 미색 스카프는 축젯날 아이들이 놓친
풍선처럼 손이 닿지 않을 고도로 둥실 떠올랐다. 그다음, 또 그다음,
고도를 달리하며 점점 희박한 곳으로 높이 솟아올랐다.

잠깐 외근을 나왔다가 바로 복귀하기가 싫어 잠시 서성거리던 참이었다. 어깨엔 회의 자료가 가득 든 가방, 왼손엔 노트북, 오른손엔 근무 시간의 일탈을 상징하듯 얼음이 가득 든 아메리카노. 스카프가 눈앞에 잠시 머물러 주었더라도 뻗을 손이 없었다. 근무 중 땡땡이를 감행한 것은 사실 바람 때문이었는데. 삭막한 고객사 회의실에서 가식적인 웃음이 오가는 동안 내내 귀를 사로잡은 것은 미약하게 들리던 창이 흔들리는 소리, 아귀가 살짝 맞지 않은 창틀과 유리가 위태롭게 서로 빗겨 나가려는 몸부림이었는데.

당신은 이 스카프를 감아 주며 말했었다. 감기도 잘 걸리는 주제에. 목을 내놓는다는 건 언제 어디서든 위태로운 일이라고. 당신의 긴 손가락 끝에서 마법처럼 매듭을 만들어 가던 스카프. 연한 색이 널 닮았다. 물들기 쉽지만 물들지 않는 똑바름. 고개 꼿꼿이 들고 버텨.

난 이젠 노회한 웃음마저 아무렇지도 않게 보여 줄 수 있는 나이. 두툼한 명함 지갑을 가방에 넣고 굽이 까진 하이힐로 노련하게 말을 건네는 사람. 서류와 노트북을 챙기느라 당신의 선물을 눈앞에서 잃어버리는 마음.

명동 높은 건물들 사이의 하늘로 미색 얼룩이 점점 높이 멀리 사라진다. 나무로부터 나뭇잎을, 입술로부터 온기를, 간판을, 커피를, 유리를, 세계로부터 세계를, 그리고 마음으로부터 마음을 분리하는 이 바람.

바람의 행렬은 건너편 버드나무 속에서/잎들을 흐느
끼게 하더니 다시 길을 떠나고/나는 이상한 골목길에
서 저녁을 그리고 있는 처녀를 만난다/그녀는 하염없
이 저녁을 보고 있다

- 임선기 〈저녁 강변〉 중

▾   ▾   ♥   ▾

바람 부는 저녁은 수상하다. 바람이 몹시 부는 날이면 왠지 엉덩이가
얌전해지지 못하는 것이다. 일상이 외국 소설처럼 어색하게 번역된
문장으로 바뀌는 것이다. 오후 네 시가 되어도 창문 바깥의 나뭇잎이
몸을 뒤집으면 메신저 대화 상대 목록을 뒤지며 오늘 영혼이 병들거
나 외로운 자를 찾아 헤맨다. 바람 냄새를 뒤집어쓰고 거리를 걷다가
술 한잔 함께 할 친구 아닌 친구를 찾는다. 대체로 탐색은 불발로 끝나

거나, 잠깐 마음이 흔들려 따라온 사람이 있더라도 곧 바람의 찬 기운에 따뜻하고 격리된 공간으로 옮기기를 바란다. 그래서 바람 부는 날은 미치도록 사람이 그립고 미치도록 외로워야만 한다, 이 도시에서.

오래 타향을 떠돌며 바람 위에 얹힌 방 한 칸에서 먼지와 동거하다 보니 체온이 조금씩 식어 간다. 뼈까지 차가워져서 이제 누구를 바라보아도 물기 없는 눈빛이라고 느낄 때쯤 삭막한 도시의 뒷골목에서 바람이 불어온다. 바람은 빌딩과 낡은 주택가, 아파트 숲을 지나며 날카로워져 사무실 창문 앞에 입술을 앙다물고 온다. 유리에 바람 자국을 남기며 하늘이 흔들리는 도시의 오후 네 시는 도망치거나 아니면 도망칠 궁리를 해야 할 시간이다. 큰 컵에 오늘 몇 잔째인지 셀 수도 없는 커피를 또 따르며 바람이 풍기는 위험한 냄새를 상상할 시간이다. 하루 온종일 바람으로부터 갇혀 있는 오피스족이라면.

왜 나는 산책이 아름다운 골목을 지척에 둔 곳에서 그토록 오래 일을 했던가. 왜 내가 만난 수많은 팀장과 본부장과 사장들은 내 자리를 늘 창가로 낙점해 두었던가. 창문 옆에서 햇빛을 훔치고 바람을 그리며 대여섯 개의 화분 속 식물을 키우는 것을 모른 척했던가. 이것은 음모였나.

바람이 불면 정처 없이 걸어야만 한다. 정동길

을 걷다가 주위를 둘러보고 지나는 사람이 없다면 노래를 불러야 한
다. 광화문 네거리를 지나가 좁은 골목으로 들어가면 낡은 계단 위에
봄이라는 작은 술집이 있다. 닿을 수 있어도 닿지 않으려 하는 어떤
사람과 그곳에서 마른안주에 맥주 몇 병을 비웠었다. 그날도 바람이
뺨을 식히던 날이었다. 저녁에서 밤으로 바람이 휘몰아쳐 어떤 날들
의 발자국들이 영원히 실종되던 날이었다.

나는 밥 딜런보다 훨씬 더 많이/천국의 문을 두드렸지, 이제 내 손에는 굳은살이 박여서/나는 사나운 바람에도 끄떡없어//vs//천국의 문은 아직까지 하나도 변한 게 없어/여전히/튼튼하고 높고 절망적인 두께지

- 오은 〈작은홍띠점박이푸른부전나비에 관한 단상〉 중

▾ ▾ ♥ ▾

나비의 날개는 단 한 방울의 빗방울에도 능력을 잃어버린다. 날지 못하는 우기의 나비는 치명적이다. 흠뻑 젖은 날개를 애처롭게 파닥거려도 조금도 몸을 움직일 수 없다. 얇은 꽃잎을 부여잡기 위해 뻗어 나온 가는 다리는 척박한 지상 위에서는 아무런 도움이 되지 않는다. 날지 못하는 나비는 치명적으로 죽음에 가깝다. 그 얇지만 질겼던 날개를 보고 왜 사람들은 천국을 떠올렸던 걸까.

나비는 차라리 강풍에 몸을 맡기고 싶을지도 모른다. 제 의지를 상실한 채 떠내려간 어딘가에서 문득 아름다운 무늬에 지나지 않는 날개를 휘저어 가까운 천국으로의 꿈을 꾸는지도 모른다. 헛된 봄날이면 어느 바람에 실려 허공에서 솟아난 듯 찾아보게 되는 작은 나비.

올해 처음 보는 나비가 흰나비라면 가족이 죽는다는 속설이 있었다. 혹은 그에 준하는 슬픔이 찾아온다는. 매년 내 눈이 머문 첫 나비는 지난겨울 채 녹지 못한 눈에서 태어난 듯 깨끗한 흰빛이었다. 슬픔이 발소리를 죽이고 그림자처럼 따라오는 여러 계절이 있었다.

슬픔을 노래하는 작은 나비의 날개를, 그러나 나는 사랑했다. 연약한 날개야말로 마주 보고 한없이 눈물을 흘렸던 작은 방의 벽, 여름이면 혼자 찾아가 번진 밤을 물끄러미 굽어보던 강물의 색, 매월 말일이면 통장에 꽂히는 예상 가능한 약간의 돈, 부러진 구두 굽을 어쩌지 못하고 맨발로 걷던 팔월의 도심, 갑자기 쏟아진 소나기에 흠뻑 젖은 치맛자락, 그 모든 풍경에 애써 태연한 척하던, 눈만 감아도 보일 것 같은 내 어색한 미소, 어딘가 있을 천국을 찾느라 질겨져 버린 심장의 근육 같은 거라서.

봄 나비를 따라 걸으며 콧노래를 부른다.

예언된 슬픔이 조용히 나를 따라온다.

어느 봄부터는 나비를 본 기억조차 희미해지는 일상이 뒤를 쫓는다.

반짝이는 얇은 면도칼/물기 많은 푸른 오이들/언 사과들/유리로 된 바퀴는 어디로 굴러가는지

- 진은영 〈공정한 물물교환〉 중

▼　▼　▼　▼

아주 바쁜 어느 날들 중 하루. 나는 점심을 먹다가 H를 바라보며 몰염치하게 말한다. 나 오늘 땡 하면 퇴근할 거야. H가 고개를 끄덕인다. 어차피 내일 나오니까. 주말 하루를 꼬박 회사에서 보낼 예정인 금요일 저녁, 나는 오랜만에 혜화동 나들이를 한다. 혼자 혜화동을 터벅터벅 걷는 것, 오랜만이다. 저녁이 깔리는 마로니에 공원에 혼자 앉아 음료수와 샌드위치로 저녁을 때우는 것도 오랜만이다. 좌판을 둘러보

고 보라색 물고기 머리끈을 들었다 놨다 하는 것도 오랜만이다. 혼자 연극을 보는 것은 전혀 오랜만이 아니어서 오랜만에 실로 유감스럽다. 하지만 연극을 보다가 산만하고 착잡해지는 것은 오랜만이다. 나름 찍기의 탁월한 능력을 보유하고 있노라 자부했건만 이건 완전한 실패다. 혼자 버스를 타고 돌아오는 것도, 누군가의 텍스트에 들어가면서 잠시 영혼이 텅 비는 느낌이 되는 것도, 집 밑 슈퍼에 들러 맥주 한 캔을 사는 것도, 이렇게 무언가를 끄적거리는 것도 낯설지 않은 무엇이다. 고요한 밤은 오랜만이 아니다. 바쁜 날들이 끝나면 LP를 틀어주는 삼청동의 작은 술집에 들러서 와인을 마셔야겠다. 삼청공원에는 커다란 잎사귀들이 가지에서 천천히 떨어지겠지.

아주 오래된 곳으로부터 내 영혼의 소란이었던 이 수
치를 누가 좀 시원하게 부숴주렴.

- 고은강 〈붉은 달〉 중

▼　　▼　　♥　　▼

두 시간 간격으로 일어나서 울어.
두 시, 네 시, 여섯 시에 말이야.

나는 웃었고 그들도 웃었다.
가을을 맞아 거리마다 음식문화축제가 한창이다.
맛있는 것을 좋아하지만 먹는 것에 열정이 없는 나로서는 거리에 사람이 많아져 싫은 시즌 중 하나다.

호박엿을 파는 사람과 망개떡을 파는 사람이 줄지어 지나가며 엿과 떡을 권했다.

엉겁결에 엿과 떡을 사고 난감하다.

단것을 먹으면 나도 설탕처럼 달콤하고 부드러운 사람이 될 수 있을까.

저녁을 걸러 까끌까끌한 입속에 호박엿 한 조각을 넣고 한참을 녹였다.

말랑말랑해야 마땅할 엿이 시간이 흘러도 돌처럼 딱딱하다.

두 시, 네 시, 여섯 시에 울어.

나는 영혼이 소란하여 운다.

잠을 자도 조용해지지 않는,

실로 오랜만의 내 영혼의 소란이 지치지도 않고 계속되고 있다.

바람 속에 한참을 서 있었다.

살갗에 바람이 스며 우우, 하고 운다.

소란한, 이 영혼이여.

함께 여기를 뜨자고 말하면 주저 없이 따라가고 싶던
밤, 국적도 모국어도 잃어버리고 싶던 밤, 나 스스로에
게 "너는 왜 여기 서 있니? 왜?"라고 자꾸 되묻던 밤

- 안현미 〈poet - 아현동〉 중

▼　　▼　▼　▽

가끔 추억이 마려울 때면 화장실 가듯 오래오래 낡은 동네를 간다. 오
래오래 사람 발길이 닿지 않은 듯한, 이상하게 기괴한 골목들을 헤맨
다. 허술한 창문들이 그토록 완강해 보일 수 없고, 그럴 때면 나는 아주
급한 사람마냥 오금을 웅크린다. 한 발짝 한 발짝이 조심스러워진다.

동네를 휘몰아치는 아주 늙은 바람에 머리카락을 통째로 맡긴다. 그

곳에서 한 발짝도 멀어지지 못한 나를 생각하고, 그곳이 어딘지 한참을 궁리해야 할 만큼 까마득해진 나를 생각한다. 양쪽의 나는 어느 쪽도 가볍거나 무겁지 않다. 나는 나를 양쪽에서 팽팽하게 잡아당기고 있는 평형이 슬프다.

옛 골목들을 순례할 때면 아주 자주, 아주 오래 쉰다. 가방에서 꺼낸 미지근한 오렌지 주스나 식어 버린 커피를 마시면서 쪼그려 앉아, 일그러진 직사각형으로 골목의 머리 위에 떠 있는 하늘을 올려다본다. 그 천장에는 구름도 뜨고, 동전으로 긁어낸 흔적처럼 해도 뜨고, 가끔 새도 날아간다. 날아가는 것들의 그림자가 자욱하게 골목을 덮으면 나도 골목도 순식간에 어두워졌다가 언제 그랬냐는 듯 환해지고 만다. 어두워졌다가 환해지는 것은 어딘지 모르게 쓸쓸하다.

나는 옛 추억이 있는 골목을 찾지는 않는다. 내가 가는 곳은 언제나 낯설고 새로운 골목. 모르는 동네. 한번은 길을 잘못 들어 한참을 빙빙 돌다 겨우 빠져나온 적이 있다. 계단을 올랐다가 내려갔다가 다시 올라갔다가 내려갔는데 거기가 제자리인 난감함. 생각해 보면 과연 거기가 제자리였을까 싶은 더 난감함.

지금도 나는 거리를 걷는다. 누군가 칭찬해 준

내 삶의 태도가 과연 정당한가, 나는 과연 떳떳한가. 쓸모도 없는 반성을 거듭하면서, 자문하면서. 그럴 때 나를 양쪽에서 폭 싸안고 도망이라도 쳐줄 것 같은, 좁고도 낡은 골목이 얼마나 그리운가. 이 환한 오피스 타운이 아니라.

새소리 듣고 있으면, 나무 전체가 새로 보일 때가 있다/
나무는 없고 새만 있는 반전/중요한 약속인 듯, 빈 가지
뿐인/나무를 지키고 있는 새

- 김희업 〈숨은 그림 찾기〉중

▼　▼　♥　▽

내 마음의 추가 당신에게 쏠리면

세상은 온통 당신의 흔적으로 가득하다.

꼭 새가 된 나무처럼

날개가 돋아난 나무.

때로는 숲을 보지 않더라도 내 소중한 나무에 손을 올리고 싶다.

그러면 세상은 나무와 나만으로 가득하리라.

당신을 기억하는
슬픈 버릇이 있다

수요일의 물 한잔

배경은 사내와 함께 풍경이었더랬다 서서히 그의 삶에
서 배경이 지워졌더랬다

- 최규승 〈Photo Shop〉 중

▼   ▼   ♥   ▼

누군가에게 말하고 나서 혼자 눈시울이 붉어진 날.
아마 이렇게 말하고 그만 멀리 어느 곳으로 시선을 돌렸더랬다.
나이 들면 상처받는 게 두려워,
그래서 도망치는 거야, 멀리.
그렇잖아?
나이 들면 세포 재생력이 떨어져서

상처에 딱지도 잘 안 앉고 계속 피 흘리고 아픈걸.
새살을 어떻게 바라겠어.

난 아마 멀리, 꿋꿋한 마음으로 볼 수 있는 가장 멀리를 바라보고 있었
는데, 그때 눈길이 가닿는 마지막, 창밖으로 헐렁한 코트를 입은 여자
가 서 있었다. 연한 갈색 스타킹을 신은 두 다리가 몹시도 추워 보이
는, 몇 년 전 초겨울, 거기, 새처럼 가는 다리로 겨우 버티고 있던 여자.

먼지와 낙엽 날리는 길 너머 그녀가 오래 생각이 났다. 그때의 내 마
음이 왈칵 쏟아져 거기 그림자로 여자를 빚어 보여 줬던가. 그 가
는 옆얼굴에 떠오른 알 수 없는 표정이 가끔 생각날 때면 멍해진다.

상처로부터 도망가며 나무를 지우고,
구름을 지우고, 바람을 지우고, 꽃들을 지운다.
텅 빈 백지에 서 있을지라도, 그러나,
삶이, 어디로 도망갈 수 있을까.
모든 지운 것들이 표정에 스미어 어느 날 왈칵
쏟아져 나와 무언가 빚어내 보여 줄지도 모르는 일.
그러하니.

이따금 한밤의 열 속으로 들락거리는//길고 어두운 뼈 하나가 몸 밖을 빠져나간다

- 이영주 〈티베트의 나팔 깔링〉 중

▼　▼　♥　▼

따뜻해졌다가 추워지는 날들이 되풀이되고 있다. 냉장고 속에서 천천히 얼어 가는 것 같다. 운동을 마치고 돌아오는 길, 약간 젖은 머리가 차다.

서대문 우체국 둑방 위로 마른 개나리 가지들이 어지럽게 쏟아져 있다. 불과 한 달도 지나지 않아 저곳은 흐드러진 노란빛으로 가득할

것이다. 시간을 통과하는 일은 늘 그러하다.

아프고 난 후 자꾸 나이가 들었다고 말하는 버릇이 생겼다. 듣는 친구들은 걱정하지만 좋은 일이다. 예전의 나는 시간이 멈춘 겨울 한가운데 얼어붙어 있는 느낌이었다. 봄이 오고 여름이 가고 가을이 저물어도 늘 춥고 외로웠다. 내 동공 속에는 오로지 하나의 풍경만이 살았다.

지금도 외로운 건 마찬가지지만, 몸에 흉을 남기고 천천히 아물어 가는 살들을 어루만질 수 있다. 새가 열고 나오는 긴 흉터가 아니라 새로 돋은 살 속으로 스며들어 가는 흉터다. 뼈와 살에 흉터의 공동묘지를 짓는다. 비문이란 되돌아 생각하는 것, 멀리 손을 뻗어 어루만지는 것. 비문에는 생몰 연대가 있어 기억의 문제이지, 멈춘 몸의 문제는 아니다.

아카시아가 피겠지,
목련이 피겠지,
매일 지나가는 풍경 속으로 노란 개나리가 빛으로 쏟아지겠지.

아버지는 빈 깡통처럼 가셨고/오늘은 열에 들뜬 조카
의 작은 입에서/황도 과육이 눈부시게 녹아 내린다//
누군가 어둠 속에서 물끄러미 밤하늘을 보는지/보름
달이 한 숟갈씩 기울어가고

- 김일영 〈황도〉 중

▾   ▾   ♥   ▿

유월은 밀월을 닮았다.
더워지기 전 아슬아슬한 느낌.
이런 저녁이면 드러낸 팔을 잡고 어디론가 하염없이 걷고 싶다.
유월은 밀물처럼 발끝을 적시며 따스하고 서늘하고.

유월의 횡단보도에 서서 조건 없는 사랑에 대해 사유한다.

여름감기에 걸린 H에게 같이 방을 쓰는 동생이 있어 다행이라는 생각이 든다.

어제 잘못 울린 화재 경보에 놀라 뛰쳐나가면서 나는 핸드폰과 카드지갑과 읽던 책을 들었는데,

내일 출근하며 입으리라 추정되는 하얀 원피스와 샌들과 핸드백을 들고 침착하게 나온 한 아가씨를 보면서 나는 멀었다, 싶었다.

경보가 꺼지고 사람들이 하나둘 집으로 들어갈 때까지 가로등에 기대어 눈을 가늘게 뜨고 책을 읽었다.

사랑에 대한 보답은 그리움이다.

보름달이 한 숟갈씩 기울 때마다,

황도를 한 숟갈씩 먹을 때마다,

퇴근한 어머니가 보리차에 말아 드시던 찬밥을

제비 새끼처럼 마주 앉아 입 벌리고 받아먹었던 어린 시절이 떠오른다.

누군들 사랑하는 이에게 아리고 아픈 마음 하나 갖지 않겠는가.

모기에 물린 종아리가 가렵다.

모기 날아다니는 계절이 벌써, 왔다.

아무도 놀아주지 않는 식탁에 앉아 소주잔이나 기울이다가/혼자 적막하다가/문득,/수족관 앞으로 다가가 큰 소리로 인사를 한다.//블루그라스야, 안녕! 엔젤피시야, 안녕!/너희들도 한잔 할래?

- 고영 〈황야의 건달〉 중

▼ ▼ ▼ ▼

황야의 건달을 광야의 건달로 잘못 쓰고는 예수를 생각했다.
40일 동안의 광야의 시련을 생각했다.
어쩌면 우리는 모두 광야의 40일을 살고 있는지 모른다.

삼겹살이 먹고 싶은 지 너무 오래되었는데,
고기를 조금 사기도 그렇고 하여 꾹 눌러놓고 있다가,

오늘의 황당 사건 퍼레이드 끝에 너무 지쳐서,

이 모든 사태가 내 나쁜 운만 같아,

그만 한없이 우울해질 것 같아서,

장 보러 가는 대리님을 꼬드겨,

삼겹살 딱 1인분씩 먹은 날.

술도 없이 밥도 없이 고기만 딱 1인분씩 먹고,

엄마가 아닌 사람과 살균 처리된 카트를 끌고 마트에서 쇼핑한 날.

자취하는 삼십대 여자들이 사는 거라고는

싱크대 개수구 거름망, 과일 조금, 우유,

떠먹는 두부, 주방 세제, 물티슈, 과자들.

2팩에 삼천 원 하는 떡 세일을 건너뛰느라 명이 조금 단축됐다.

행주를 안 샀구나, 아차차.

다시 더워지려나, 날씨가 상하는 듯.

살짝, 땀이 흐른다.

걷는다는 것은 적당한 가격으로 인생을 거래하는 일.

- 우대식 〈7번 국도에서 쓰는 편지〉 중

6월에 피는 들꽃들이 바람에 흔들린다. 모자 없이, 선글라스 없이, 양말 없이, 걷는다. 양손에 바람만 움켜쥐고 걷다가 들꽃 앞에 오래 서 있었다. 서 있는 사이 구름이 지나가고, 바람이 지나가고, 태양이 지나가고, 시간이 발자국도 남기지 않고 지나갔다. 한순간 만큼 늙었다. 시간이 내 몸을 흔들어 잔무늬를 그리는 6월의 낮, 산책.

휴가를 금요일이나 월요일에 붙여서 내는 것은 그야말로 초보들이나 하는 짓이다. 주말 예능이나 보고 집안일에 전념하든, 아니면 어디를 가도 인산인해일 주말여행을 하루 더 연장하든 쌓이는 건 피로뿐. 극강의 휴가는 주중 수요일 혹은 목요일에 내는 하루 휴가다.

월요일부터 금요일까지의 업무 레이스에 초조해진 동료들이 입술을 쥐어뜯으며 침침한 얼굴로 사무실을 어둡게 만드는 퇴근 시간. 내일이 휴가인 자라면 모름지기 오늘만큼은 야근을 하지 말아야 한다. 휴가의 설렘을 담뿍 흘리며 급한 약속이라도 있는 사람마냥 뽀얗게 화장을 고치고 책상에서 사뿐하게 일어서야 한다.

휴가 전날은 아침부터 머리를 말고 밝은색 립스틱을 바르며 하늘하늘하고 섬세한 옷을 입어야 한다. 누군가의 품으로 곧 뛰어들 것처럼 날렵한 발목을 강조한 높은 굽의 신발을 신어야 한다. 그것이 평일 휴가 전야제를 치르는 자가 주변에 차릴 예의이다. 비록 그런 복장으로 갈 곳이 집이라 할지라도.

주중 평일에 하루 쉬는 맛에 길들여지면 마약처럼 다음 월차가 생기는 날을 기다리게 된다. 미술관에 가거나 소풍을 가기도 하고, 일부러 도심의 오피스 타운을 찾아가 과로하는 창문들을 올려다보며 커피 한잔의 망중한을 즐기기도 한다. 만약 산들바람이 분다면 그 오후는 오롯이 걷는 데 바쳐야 한다. 가벼운 바람에 종아리를 내놓고 아무도 모르게 잔볕에 그을리면서 시간을 지나 보내야 한다.

내가 그렇게 발굴한 이 도시의 유적 같은 골목들이 얼마나 많은가. 집집마다 흘러나오는 밥 냄새, 아이들 울음소리, 악다구니, 웃음소리, 때론 담장 너머 정원에 핀 꽃들의 실루엣. 철로 만든 대문과 나무나 플라스틱으로 만든 문패들을 지나와 망가진 평상에 걸터앉아 다리를 흔들거리며 내려다본 도시의 풍경은 얼마나 거짓말처럼 아름답고 평화로웠나. 마치 모두가 일하는 시간에 마법같이 생긴 나의 게으름처럼.

나는 걸으면서 늙었다.
고요롭고 평화롭게 진짜 사람의 풍경에 깃들고
사람의 시간에 기생하면서.
사무실 책상 앞에 앉아 모니터에 비친
박제된 얼굴을 건강하게 그을리면서.

이 도시에 살았던 십수 년 동안 그리고 샐러리맨으로 살았던 또 십여 년간 내가 훔쳤던 노동의 시간들은 늘 어딘지도 모를 골목에 꼭 하나

쯤은 있는 평상, 의자, 놀이터 그네, 정글짐 꼭대기 들에 앉아 미지근한 맥주 한 캔을 마시는 것으로 저물었다.

그러면 생전 처음 타보는 버스를 타고 천천히 긴 시간을 돌아 집으로 돌아오는 것이다. 옛 애인의 이름이 적힌 기적 같은 간판을 하나씩 발견하면서, 그런 밤마다 얄밉게 소슬거리며 떨어지는 빗방울 속에 번지는 시장의 불빛들을 입술에 바르면서, 그렇게.

누가 올까 두려워하는 얼굴로/너도 아니고 나도 아닌/
그런 반쪽의 얼굴로/우린 서로를 힘들게 했지/힘들게
그리워했지/떠나버릴까 두려워하는 얼굴로/떠나버
릴까 두려워하는 얼굴로

- 이철성 〈우리들의 사랑〉 중

▼　▼　♥　▼

신파인 줄 알면서도 기어이 나는 영화를 보았다. 그것이 뻔한 신파임
에도 불구하고 나는 마음껏 울었다. 코까지 풀어 가면서, 엉엉.

얼마나 울었는지 눈이 붓고 얼굴이 어룽어룽해졌다. 눈물이 가득 고인
눈으로 점원을 바라보며 커피를 살 때, 커피를 마시며 버스 정류장으
로 걸어가면서 다시 주룩주룩 눈물을 쏟을 때, 나는 눈물을 흘릴 수 있

는 나에게 감사했다. 눈물을 흘릴 때마다 마음이 조금씩 가벼워져서.

이제는 우는 것을 두려워하지 않는다. 울고 싶을 땐 그냥 어두운 극장을 찾아 들어가 마음껏 운다. 그렇게 울고 나면 빈자리에 햇살과 바람이 고인다. 그 용기가 또 하루를 살게 하고 당신을 사랑하게 한다.

사는 것과 사랑하는 것, 그리고 죽는 것은 모두 용기가 필요한 일이다. 용기를 충전하기 위해 눈물의 힘을 빌린다. 내 마음이 조금은 여유로워졌다고 해야 하나. 이것을 나이 듦의 힘이라고 해야 하나.

사랑의 도시는 공중이 꽉 찼어요

- 신영배 〈점핑스커트〉 중

▼　▼　♥　▼

그러니까 사랑에 대해 생각할 때 나는 조용해진다.
발끝이 어긋난 양다리를 쭉 뻗어 비뚤어진 하체를 감상한다.

그러니까 침묵에 대해 생각할 때 나의 발가락은 구부러진다.
물속에 잠긴 입술처럼 뻐끔거리며 거품을 만들어 낸다.

그러니까 빈방에 누워 있는 휴일, 창문을 흔들며 바람이 불 때 나는
사랑에 빠져 있다.
양팔을 벌리고 벗은 가슴을 누르는 허공의 무게를 감당한다.

나의 사랑은 허공 너머 모빌처럼 흔들리며 소리를 낸다.
반짝거리고 사라지고 다시 돌아와 어른거린다.

눈에서 빠져나와 속눈썹 끝에서 증발한 나의 사
랑은 기화된 상태로 떠 있다.
그것은 '모래가 아직 꽃이었을 때의 곳'*이다.

나는 바닥이 얇은 신발을 신고 가볍게 걷고
싶었다.
무게가 없는 산책을 꿈꾸었다.

나는 완력이 싫어서 병뚜껑을 따지 못한다.
모든 더운 것들이 싫어서 바람이 부는 거리를 짧은 바지를 입고 서
성거렸다.

자전거를 타지 못한 휴일,
비가 내렸다가 멈춘 휴일,

머릿속에서 새가 우는 휴일,

오후 여섯 시에 나는 아름다운 시집을 읽었다.

* 신영배,《오후 여섯 시에 나는 가장 길어진다》뒤표지

위로받지 못하는 건 내 등만이 아니다 짐승들은 멸종
하고 싶어서 울음을 안으로 삼킨다 천천히 알아가야
하는 것이 우주라면

- 이영주 〈장마〉 중

▼　　▼　▼　　▼

빈방에서 수박 냄새가 난다. 냉장고에서 갓 꺼낸 사각사각하고 달콤
한 수박이 먹고 싶다. 손가락과 손바닥과 팔뚝까지 사정없이 끈끈해
질, 얇고 가볍고 잘 부서지고 물기만 많은, 속으로 들어갈수록 붉은
수박이 먹고 싶다.

오후의 거리는 텅 비고 문이 열린 가게에서는 국장國葬의 진행을 알

리는 아나운서의 목소리가 건조하게 흘러나왔다. 바람 한 점 불지 않는 거리의 신호등 옆에 눈을 찡그리고 서 있었다. 신호를 기다리며 정차한 차 안에서는 곱상하게 생긴 여자가 핸들을 쥐고 있던 손을 풀며 흔들었다. 팔랑거리며 돌아가는 손목이 흡사 자동차 보닛 위로 떨어지는 백색의 빛들에게 인사를 하는 듯 보였다. 건조한 죽음이 그녀의 얼굴을 스쳐 지나갔다. 아니, 그건 구름이었나. 하늘이 파랗게 바랬다.

해야 할 일들을 생각했다. 나를 짓누르고 있는 것이 나태인지, 권태인지, 불안인지 생각했다. 나를 향해 입을 열자 '화장품 냄새'라는 말이 흘러나왔다. 하얗게 분장을 하고 표정조차 짓뭉개 버린 배우가 거울 속에서 '화장품 냄새'라고 말했다.

아침에 일어나 오늘의 운세를 봤다. 합리화라는 단어가 눈 안으로 튀어 들어와 하루 종일 왼 눈을 깜박거렸는데도 나가지 않는다. 커피를 마시고 재미없는 잡지 한 권을 보다가 진저리를 내며 던져 버렸다. 세상에는 쓸모없는 책들도 많다.

나는 때때로 내가 경악스럽다.
그러니 당신들은 오죽하겠는가.
나는 정말 진행 중인 기절초풍이다.
수박이 먹고 싶다.

손가락과 손가락이 아닌 것에서/모든 관계가 열렸다
사그라진다고

- 박연준 〈잠든 호리병〉 중

▼　▼　▼　▼

오늘은 길을 걷다 마주친 개 한 마리에게 얼음을 나눠 주며 커피를
마신 날이다. 흰 털이 땅에 닿을 만큼 긴 녀석이 뜨거운 김을 내뿜는
아스팔트에 누워 헉헉거리는 모습을 보고 마침 마시고 있던 아이스
커피의 뚜껑에 얼음을 덜어 주었더니 웬 단비냐며 허겁지겁 먹는다.
그런 녀석이 애처로워 차가운 커피를 꿀떡꿀떡 마시고는 남은 얼음
을 모조리 덜어 주었다. 코를 처박고 먹는 녀석이 짠했다.

차가운 커피를 너무 빨리 들이켜 머리가 울렸다. 해가 지기에는 아직
도 먼 오후, 녀석과 나란히 앉아 커피 한 모금, 얼음 한 조각 나누어
먹느라 하마터면 약속에 늦을 뻔했다. 오늘의 상영작은 과도한 휴머
니티로 마이너스 십 점. 더운 날씨로 마이너스 십 점. 배우들에게 심
심한 위로와 감사를.

해가 점점 짧아지는 계절이 오고 있다. 무덥지 않은 저녁이 벌써 그
립다. 더위가 시작된 지 겨우 며칠이라고.

꽃 옆에서/딸은/키가 더 컸다며/웃으면서/선 채로 아침 우유를 마신다//마치/피의 흐름이/투명하게 비쳐 보이는 것 같다

- 모리하라 나오코〈꽃을 꽂는 화기의 조건〉 중

▼ ▼ ▼ ▼

한때 강남 지하상가의 꽃집들을 습관처럼 찾곤 했었다. 그곳에는 각종 조화들이 있는데 주인들이 늘 먼지를 털어 주어 깨끗했다. 가장 친한 친구도 이해하지 못했지만 당시 나는 조화가 너무도 사랑스러웠다. 곧 시들 운명을 품고 아직은 대궁이 곧고 향이 짙은 생화들을 바라보는 것이 괴로웠다. 천년이 흘러도 그대로일 끔찍한 인공미가 내게 묘한 동질감을 줬다. 그때 나는 몹시 힘든 한때를 건너가고 있었다.

가끔 장미를 사서(이곳에는 을지로에 있는 어느 꽃집처럼 희귀한 야생화를 파는 곳이 없다)
사무실 회의 탁자에 꽂는다. 건조하고 바람이 없는 사무실에서 연한
꽃잎은 금방 상하고 작은 컵에 담긴 물은 금방 줄어 탁해진다. 안간
힘을 쓰며 버티는 꽃들을 볼 때마다 애처롭다. 옆에서 꽃의 아름다움
을 감탄하는 사람들의 마음도 연하여 애처롭다.

살아 있는 것, 생기 가득한 것, 그대로 아름다운 것들이 시들어 가는
모습을 보는 일은 여전히 괴롭다. 그래도 이제는 바라볼 용기가 생겼
다. 나이가 들면서 마음의 경계를 이루는 담이 조금씩 무너지며 담
밖의 풍경이 보이기 시작한 까닭이다. 〈한여름 밤의 꿈〉을 보면서 대
가의 조롱이 불쾌했던 이유도 그것 때문일 것이다.

나는 이제 조롱보다는 연민을, 분석보다는 공감을, 그리고 한없이 슬
프고 상처받는 것을 인정하고 있다. 모순투성이 세상에 분노하면서
더 이상 그러하지 못할 정도로 사랑하고 있다. 이것이 무언가. 화병
이 아무리 완벽해도 꽃은 시든다. 그 사실을 받아들이는 것, 분노도
조롱도 희롱도 없이 담담해지는 것, 그것인가. 대가 없는 사랑이란.

자막이 올라가고 어둠 속에서/공허가 커다랗고 흰 입술로 아우성쳤다/무성영화 여배우의 과장된 표정으로//악당들, 악당들, 악당들

- 진은영 〈영화처럼〉 중

▾　▾　▾　▾

한 선배가 남도로 여행을 떠난다고 말하자 나는 바다를 떠올렸다. 선배는 바다로 가는 것이 아닌데 나는 짙고 푸른, 끝이 보이지 않는 바다를 생각했다. 1월의 바다가 아니라, 겨울의 바다가 아니라, 풍성한 오월의 바다를 떠올렸다. 바다는 깊이를 모를 정도로 푸르고, 내가 서 있는 벼랑 위에는 막 여름으로 넘어가는 녹음이 넘쳐흐르는 한 컷의 풍경. 진홍빛 꽃들이 흐르는 덤불에 발목을 묻고 서서 흰 셔츠를 입

은 내가 팔을 활짝 벌리는 그림. 어디에도 있지 않은 풍경에 나는 완전히 반해 버리고 말았다.

반한다는 것에는 이유가 없다. 아니, 단순히 반하는 것에는 분명 이유가 있다. 의식의 표면에서 찾지 못하면 무의식의 창고를 뒤져라. 오감의 영역에서 반드시 찾을 수 있다.

반한다는 것만큼 통속적인 것도 없다. 아는 언니의 블로그에서 이 단어를 발견하고 다시 언니에게 반해 버리고 말았다. 통속적인 마음의 움직임. 대체로 무결하고 무심하게 살아가는 내게 이것만큼 아름답고 매력적인 것은 없다. 하지만 이유 없이 반하는 것은 순수성만큼 무섭다. 통속적인 반함은 마음이 제어하지만, 이유 없는 반함은 마음을 끌고 가기 때문이다.

당신에게 순간순간 반한다.
정말 한순간도 쉬지 않고 반하다가 기진맥진할 지경이다.
오늘도 '다함없이 반함'의 리스트에 몇 가지 항목을 새로 추가했다.
생이 이토록 나를 홀린 적이 있었는지 기억이 없다.

당신에게 반할 이유를 하나도 찾지 못했는데
이유 없이 당신에게 반하고 있다.
이것이 인생이라면 좋겠다고 나는 은근히 욕심내고 있다.
공허 속에서 삶에게 악당들, 악당들, 악당들이라고,
과장된 표정도 짓지 못하고 쓴웃음만 흘렸던 추운 날들을 떠올리기
싫어서이다.

당신을 기억하는
슬픈 버릇이 있다

목요일의 우산

사랑에 있어서 사람들은 자기만의 영원한 연인을 꿈
꾼다. 구름의 성분으로 이루어진 연인

- 박정대 〈오드리라는 대기 불안정과 그 밖의 기상 현상들〉 중

오늘의 하늘은 대기 불안정.
올 여름의 복날들은 모두 선선하고 비가 내린다.
먼지를 겨우 가시게 할 만한,
몇 방울의 녹슨 비가 구름에서 스며 나온다.
내 감정의 국경선에는 위험한 뭉게구름이 가득.
우리가 외로울 때,

그건 이겨 내야 하는 것이거나

아니면 그저 조용히 항복해야 하는 것일지도 모른다.

청색의 영혼들에게 친화력을 느끼며,

　　　　다른 모든 더운 것들을 오늘은 조용히 발가락 끝으로

　　밀어내고 싶어.

내가 고요히 기댈,

　　　　아름다운 쇄골이 있었으면 좋겠어.

한번 젖어버린 레인스틱처럼 나도 젖어버린 기억을
흉곽에 채우는 중이다 내가 빗방울로 생각될 때까지

- 송재학 〈비의 악기〉 중

▾　▾　▾　▾

고요하지 않은 봄비가 며칠 내렸다.

우연찮게 비닐우산을 들고 천둥 벼락 한가운데 서 있었다.

우산 한 겹이 소용없었다.

아니, 우산도 제대로 못 드는 주변머리가 우스웠다.

속옷까지 흠뻑 젖어 우산을 이리저리 돌리며 빗속을 걸었다.

봄은 그냥 두어도 시끄러우니

비라도 조용히 내려야 하지 않나.

그래야 비 그치고 새로 덧칠한 초록을 보며

그 조용한 음흉스러움에 감탄할 수나 있지 않나.

내놓고 이리 시끄러우면 마음이 부산스럽지 않나.

올봄에는 마음 내려놓을 곳 하나 찾기 어렵구나.

엄살 부리지 말자고 해도,

그리워하지 말자고 해도.

비 그치고 이리 기온이 올라 한밤에도 따뜻한 걸 보면.

그리운 사람 하나 음계의 계단을 밟고 하늘에서/내려
올라나 내려올라나 나는 그저 고개를 숙이고 제라늄
화분을 살핀다

- 박형준 〈피리〉 중

몇 개월의 긴 파견이 끝나고 본사로 복귀할 때마다 나는 화분을 하
나씩 샀다. 일전에 키우던 화분은 파견을 나가며 후배들에게 분양을
했다. 일 년이 조금 넘는 기간 동안 창턱에는 조르르 여남은 개의 화
분이 생겼다.

마음이 외로운 사람이 식물에 의지한다.

녹색은 마음을 평화롭게 해준다고 한다.
사람마다 다른 얘기다.

그녀는 끝내 눈물을 보였다. 일순간 모두 숙연해지고 말았다. 비가
내리는 날, 신부가 울고 신랑이 웃었다. 아들딸 쌍둥이 얻고 알콩달
콩 잘 살겠다.

삼천 원을 주고 올 봄에 산 푸른 비닐우산을 지금껏 잘 쓰고 다닌다.
튼튼하고 예뻐서 마음에 든다. 요즘은 비닐우산이 모두 자동 우산이다.

한 방울씩 떨어지는 비에 마음을 한 조각씩 덜어 주었다. 그러고도
넘치도록 남았다. 습기를 먹어 부풀어 올랐나. 빵처럼 내 마음을 떼
어 먹는다. 무미하나 건조하지는 않은.

결혼식에 다녀온 일요일이다.

말은 얼음 속에 있습니다/아우성치나 더더욱 완강한 침묵/하루에도 몇 번씩/밖에 나가 언 입을 헹구고/귀를 씻어놓지만/다시 봄을 날 리가 없으므로/지금의 말은 모두 영영 잊힐 것들입니다

- 고영민 〈입술〉 중

▾ ▿ ♥ ▿

사랑을 할 때마다 말이 아득해졌다.
혀를 고르고 말을 만지작거리며 내가 아득해졌다.
당신이 하늘처럼, 숨은 말처럼,
순교한 꽃봉오리처럼 멀고 멀었다.

가장 가까운 감정이 사랑이라고 했다. 내게 당신은 늘 너무 먼 사람

이었다. 키도 얼굴도 체취도 말투도 목소리도 모두 달랐지만, 늘 너무 멀어서 늘 너무 닮았다. 가끔 먼 당신이 가까워지면 주춤거리며 도망치곤 했다. 한 걸음 다가오면 한 걸음, 두 걸음 다가오면 두 걸음 물러서는, 딱 그만큼의 거리. 표정을 읽을 수 있는 마지노선의 출발점.

어쩌면 나는 사랑이 아니라 그리움을 만지작거렸는지도 모른다. 봄비가 자욱하게 내리던 어느 퇴근길, 고가를 지나는 버스 안에서 나는 흐린 창밖으로 간판마다 당신의 이름을 찾아내곤 했다. 답장 없을 문자를 보내곤 했다.

도처에 당신이 있군요.
도처마다 당신을 만납니다.

너무 많은 당신을 멀리 두어서 이제 나의 좁은 세계가 당신들로 포화 상태인지 모른다. 사랑을 하면서 가장 편안했던 자세는 가슴을 바닥에 대고 한없이 엎드리는 것. 왼뺨을 지그시 차가운 바닥에 내려놓는 것. 그렇게 땅으로 꺼져 들어가듯 당신을 그리워한 것. 그런 폭풍 같은 사랑을 지나 이제 마르고 지친 몸으로 앉아 하늘을 본다.

다시 당신을 만난다면 이 차가운 하늘에 금이 가고 어지러운 꽃이 필까.

허공이 먹구름 사이로 질주할 때/나는 어디로 숨어들어야 하나?/무얼 해야 할지 몰라서 허둥대는 나는/힘껏 창문을 닫고/뜨거운 커피를 마시고/오늘밤은 결코 잠을 안 자리라, 다짐할 때

- 김충규 〈저물 무렵의 중얼거림〉 중

비에도 색깔이 있다. 맑고 흰 비가 쏟아지는 날이 있고, 창백한 청색 비가 내릴 때도 있다. 회색 비가 내리는 시간이 깃들고, 노을을 머금은 비가 소슬거리며 떨어질 때도 있다. 녹빛의 잎새 골을 타고 흘러내려 허공에서 돋아나는 새싹처럼 땅으로 다시 숨어드는 비도 있다. 하지만 마음이 가장 낮아질 때는 아무래도 자정의 낯빛을 하고 비가 내리는 날이다.

세상의 모든 것으로부터 색을 훔치고, 그 모든 색이 뒤엉켜 검은 비. 그런 비는 조용히 내리는 법이 없다. 닫혀 있던 마음이 갑자기 열려 버린 것처럼 통곡하며 미친 듯 사방을 두드리며 내린다. 날을 세운 손톱을 들이밀며 나까지 열어젖히려고 비가 달려들면 마음을 단단히 먹어야 한다. 아직 나는 내 방으로 돌아가지 못하였으므로.

무릎 담요를 여미고 카디건 앞섶을 단속하고 시린 손가락으로 핫팩을 주무르며 뜨거운 커피를 조금씩 나눠 마신다. 그건 조금이라도 흔들리면 사방으로 흩어져 버릴 마음을 잘 모아 놓는 일. 아직 한참 남은 낮의 시간을 온전히 보내기 위한 나름의 주문이다.

대부분의 시간을 벽과 창문에 둘러싸여 있다면 당신에게 계절은 이미지에 가깝다. 그래서 저렇게 폭력적이고 직접적인 풍경을 마주 대하면 그만 뛰어나가 광폭함에 손바닥을 내밀고 흠뻑 젖고 싶다. 비는 풀어 헤친 머리카락을 뒤흔들며 쉿소리로 나를 부른다. 나는 아직 사방 벽에 숨어 비를 외면하고 싶다.

한없이 마음을 잡아 놓느라 한없이 마음이 낮아지는 시간,
여름 소나기의 시간,
때로 겨울 폭우의 시간.

비가 오래 내려야 비로소 볼 수 있다/백사 같은 작은
시내가 빗소리를 따라/가쁜 숨을 몰아쉬며 올라오다
가/검은 우산을 든 소나무를 만나면/우산 그림자 속으
로 숨어 보이지 않게 되는 것을

- 바이링 〈높은 산에 올라 비를 만나다〉 중

비가 오래 내려야 볼 수 있는 풍경도 있다.
모퉁이를 돌 때마다 순간순간 눈에 매겨지는 풍경이 달라지듯.

햇빛이 환한 어느 날 조조로 공포 영화를 보고 비틀거리며 극장 밖
으로 나왔을 때,
오후 두 시의 햇살이란 푸른빛 필터가 하나 끼워진 듯 기괴할 수도

있다는 것.

마음이 오래 가라앉아 있을 때만 보이는 것들도 있다.
예를 들면 나는 인간 아닌 목숨들을 더 편애한다는 것.
가능하면 관계를 만들지 않기 위해 기꺼이 어려움을 감수한다는 것.
그럼에도 불구하고 내게 가장 빛나는 것들은 사랑하는 사람들이라
는 것.

갑자기 허기가 밀려와 사람들로 북적거리는 분식집 구석에 앉아 허
겁지겁 김치찌개를 먹었다. 찌개는 짜고 맵고 걸쭉했다. 김치를 척척
얹어 가며 밥을 반 공기나 비우고 집으로 돌아가는 길, 구름이 짙어
지고 있었다. 커피를 파는 가게가 너무 멀었다.

유리창에는 새의 충격이 스며 있다/유리창은 종종 깊은 울음을 운다

- 장인수 〈유리창〉 중

▼ ▼ ♥ ☜

나로호가 정상 궤도 진입에 실패했다는 소식.

소나기가 내렸다.

창가에 앉아 한숨 돌리던 참이었다.

금연 빌딩으로 지정되었다는 표지판 아래 서서 담배를 피우는 남자들.

옆 안마 의자에 태연하게 앉아 무릎 담요를 덮고 낮잠을 자는 기이

한 여자.

구름과 햇빛의 양과 질에 따라 색을 달리하는 건물을 바라보던 유
리창이
갑자기 울컥, 눈물을 흘린다.
세상이 어두워지고 젖어 간다.

커피를 사며 멍하니 땅을 내려다본다. 발등 위로 제법 큰 개미 한 마
리가 꿈틀거리며 기어 올라왔다가 발가락으로 다시 내려간다. 느린
등정 동안 간지러움으로 그려진 발등 위의 길과 그 길을 개척하기 위
해 재바르게 움직였던 여섯 개의 가는 다리를 바라본다.

속되다, 생각한다.
속된 것이 왜 이리 아름답나, 생각한다.
보들레르의 잔 뒤발처럼.
그녀의 검은 육체에 바쳐졌던 파리처럼.
아름다운 것만 보면 눈물을 흘리느라
평생을 마른 껍질처럼 야위었다던 한 사람에 대한 회고를 읽었던 참
이다.

내일부터 비가 내린다는 예보.

같은 말/평범한 이름/쓰고 또 쓴다/저는 이선영입니
다/그저 사소한 일상일 뿐인/저를 용서하세요

- 이선영 〈동어반복〉 중

외가의 정원에 나팔꽃이 피었다. 비가 오려고 구름이 끼자 꽃들은 서
둘러 얼굴을 닫아 버렸다. 잔잔한 침묵을 흔들며 비가 한두 방울 내
리다가 긋고 다시 내리고 했다.

몇 달간의 고통스런 치과 치료로 외할머니께선 얼굴이 바싹 말라붙
으셨다. 우리는 마주 앉아서 돼지갈비찜을 연하고 맛있게 하는 방법

109

에 대해 이야기했다. 외가 바로 앞 중학교에서 무슨 공사를 하는지 한 번씩 쿵, 하고 땅이 울렸다. 그래도 일요일은 쉬어, 호물호물한 목소리로 외할머니께서 말씀하시고는 이내 소녀처럼 웃으셨다. 오랜 투병 생활로 불분명해진 말을 알아듣는 사람은 이제 식구 중에서도 많지 않다. 한참 기억을 더듬으셔야 할 즈음에야 비로소 외할머니께서는 의도치 않은 침묵 속으로 들어가셨다.

오후 세 시마다 담장 위를 걸어가는 얼룩 고양이가 있었다. 골목 중간에는 나보다 머리 하나가 더 큰 동갑내기 세탁소집 딸이 있었고, 골목 저 끝에는 우악스럽게 남동생을 두들겨 패던 꼬맹이 여자아이가 있었다. 크게 한정식집을 했던 한옥의 가장 안쪽 방에는 심장을 앓는 여자아이가 있었다. 나이에 비해 몸집도 키도 조그맣던 아이는 나이가 더 많은 나에게 늘 이름을 부르며 친한 척을 했다. 언니 노릇을 하고 싶었던 나는 그게 서러워 외할머니에게 울면서 하소연을 하곤 했다. 그녀는 그 시간을 건너서 비 오는 오후 어디 즈음 살아 있을까.

거울을 너무 자주 본다고 외할아버지께 야단을 맞았다. 거울을 자주 보는 것은 천한 짓이라며 당장 고치라는 불호령이 떨어졌다. 언제부턴가 나는 나를 물끄러미 바라보는 일을 멈출 수 없게 되었다. 혹시나 표정에 마음이 드러날까 봐, 그래서 사람들에게 모두 들켜 버릴까봐 자꾸만 얼굴을 단속하게 되었다. 그때부터 나는 나를 일컬어 '여자'라고 자주 부르게 되었다.

오래전 앨범을 펼치면 아픈 표정의 바싹 마른 나, 눈만 커다란 내가
있다. 그런 나를 카메라 렌즈에 담았을 외할아버지와 아버지가 있다.
그때 내 눈에는 자주 아픈 어머니를 제외한 어른들은 모두 위대해 보
였다. 세상의 어느 바람도 그들을 꺾을 수 없다며 혼자 든든해했다.

화장을 예쁘게 하고 다니라는 걱정을 듣는다. 아프
지 마라, 아프지 마라. 늘 아팠던 손녀는 주무시고 계
실 때도 눈 안의 가시다. 외할머니의 동그랗고 큰 눈에
금세 맑은 눈물이 맺힌다.

세상의 모든 어머니들은 샘이다.
자식 앞에서 마르지 않는 눈물이 된다.
그저 커다란 상처일 뿐인 나를 사랑하는 그네들이 아프다.
아아, 비가 내린다.

목련은 무덤을 안내하는 게 아니라/무덤으로 가는 길
을 안내했다 : 길은 무덤을 안내했다 :/그러나 무덤은
길 끝에 있는 게 아니라 길 옆에 있었다/돼지 농장에
다시 봄이 와 있었다

- 김승강 〈목련과 돼지〉 중

▼　▼　♥　▼

하루 종일 비가 내렸다.
예전에는 바라보는 비만 좋았고 빗속의 나는 싫었는데
지금은 빗속을 걸어 다니며 제법 젖는 나도 좋다.
나는 비가 좋아졌다.
습도 95%라고 라디오에서 한 여인이 58분에 말한다.
그럼 나는 지금 물속에 있는 셈이다.

비를 맞고 가로등 불빛에 빛나는 나뭇잎들을 바라보며

빛나는 잎을 떠받치는 그늘의 힘을 생각했다.

나무 그늘에 들어가 두 팔을 올리고

아아아, 나도 벌서고 싶어졌다.

그늘의,

힘. 그것을 바라보는,

나.

어젯밤 술자리 끝자락에/안경알 빠져버린 걸 미처 모르고/세상이 다 흐려 보이는 것을/술 덜 깬 탓으로만 여겼다/해장국밥 기다리는 동안/안경알이나 닦으려다가/알 빠진 안경테처럼 나는 멋쩍다

- 정양 〈해장국밥 앞에서〉 중

긴 잠을 잤다. 아무래도 지난주, 너무 힘들었다. 방전된 건전지처럼 집에 들어오자마자 흐물흐물, 하품을 하다가 침대로 직행. 이럴 땐 혼자 사는 게 좋기도 하다. 방해 없이 느긋한 늦잠을 즐길 휴일 아침이 있으니까.

비도 오고 몸도 찌뿌둥해서 변덕스럽게 목욕탕행을 결정. 집 근처 목욕

탕을 찾았다. 사거리에 있는 찜질방 겸 목욕탕은 주인이 바뀌면서 너무 지저분해졌다. 동네 주민들이 자주 찾는 대중목욕탕이 피로를 풀기에는 적격이라는 생각. 사람 많은 찜질방은 피로하기만 할 것 같았다.

안경을 벗으니 소리도 사라진다. 익숙하지 않은 목욕탕 구조에 다소 우왕좌왕. 머리를 말리는데 역시 동네 목욕탕. 때 밀어 주시는 아주머니와 동네 어머니들이 지역 특산품인 미역을 사기 위해 진지한 토론 중이시다. 부녀회장님을 통해 일 년에 한 번 미역이 공수되는데 지금이 그 시기인 셈.

휴일을 맞이하여 할머니부터 손자 손녀까지 일가족이 웅성웅성 목욕탕을 찾아 사람들로 복작복작하다. 사람 많고 시끄러운 것은 질색이지만 사람 냄새 나는 이런 복작거림은 참 좋다. 어려서 외할머니와 살아서 그런지 모른다.

내가 어렸을 때, 외할머니와 콩나물을 다듬으며 마루에 앉아 있으면 한옥 처마 밑으로 빗방울이 톡, 톡 노래를 부르며 떨어지곤 했다. 외할머니에게 한 소절 한 소절씩 배웠던 뽕짝들은 아직도 나의 노래방 18번이다. 장이 서면 장바구니 한쪽을 작은 손으로 꼬옥 쥐고 나름 얼마나 열심히 장을 봤던가. 외할머니가 재미로 연습시킨 "콩나물 쪼끔만 더 주세요~"를 애교스럽게 말하려면 손바닥이 땀으로 축

축해지곤 했었다.

살 냄새 풀풀 풍기는 목욕탕에서 물이 뜨거워서, 때수건이 아파서, 더워서 내가 몸을 비틀 때마다 찬 물수건으로 얼굴을 쓱쓱 닦아 주시며 깨끗하게 씻어야지, 하고 도닥거리던 손. 그 손이 그리워 나는 보이지 않는 눈으로 그만 눈물을 글썽이고 말았다.

어떻게 사는 것이 올바른지는 모른다. 어떻게 사는 것이 아름다운지도 모른다. 다만 나에겐 다정하고 시골스러운 정서가 물씬한 사는 법이 몸에 배어 있다. 모 선배의 말대로 결국 시골 촌놈이라 그런지 모르겠지만.

비도 내리는데 외할아버지, 외할머니는 뭐하고 계실까. 외갓집 마당에 꽃이 활짝 피었다는 소식을 전해 들은 지 오래되었다. 전화드려야지.

나는 가벼운 뼈를 움직여 오래 걸었어요

- 김지녀 〈오르골 여인〉 중

▼　▼　♥　▼

누구는 늦잠을 자서 비행기를 놓쳤다고 하고, 덕분에 홍콩에서 황금 같은 여름 세일을 즐기고 있다 하고, 이곳은 비 내리고, 지겹도록 비 내리고. 비 좀 그쳐라, 그쳐라. 부러 우산을 안 가지고 나간 나의 기도에도 스트랩 샌들에 살이 빨갛게 벗겨지도록 비는 쏟아지고.

여름비처럼 흔한 여자 셋. 비를 닮은 여자들이 배 터질 각오를 하고 월남쌈을 먹는 여름 저녁. 오늘 처음 입고 나간 원피스가 흠뻑 젖었다. 여자들이 앉아 여행 이야기를 하는데 밖에선 자꾸 비가 내린다. 나는 자꾸 말을 삼키고, 자꾸 생각에 잠기고.

가령 이런 것. 비 오는 날 예쁜 여자들이 앉아서 술도 없이 밥 먹고 커피 마시며 커피에 타는 당뇨 환자용 설탕 이야기를 늘어놓는 것도 왜 이리 여자 같은가, 하는 생각. '여자 같은가'가 그렇게 좋을 수 없다는, 맨살에 소름 돋도록 좋다는 생각. 이 여자들이 정말 여자의 본질에 닿아 있는 것 아닌가 하는, 살짝 옵션으로 나를 끼워서 해보는 황홀한 추측. 그럴 때 내 가방 속에 들어 있는 이 시집이 얼마나 유용하고 적절한가, 하는 스스로에 대한 흔치 않은 칭찬 모드.

예전에 좋아했던 술집을 아는 사람이 인수해서 좋아하는 마음이 반쯤 풀 죽었으나, 그래도 의리로 찾아간 그곳은 텅텅 비어 있었다. 아무도 없는 술집에서 사장과 아르바이트 아가씨 둘과 마주 앉아 술 딱한 잔만 마시고 일어나도 여전히 비 내리고, 비 내리고.

집에 들어오니 도둑놈 심보처럼 비야 내려라, 밤새 내려라, 내 꿈에 비 떨어지는 네 소리 좀 들려 다오, 기도하는 마음이 되는 밤.
유리에 맺힌 빗방울을 아무리 문질러도 흘러내리지 않는
이상한, 밤.

당신을 기억하는
슬픈 버릇이 있다

금요일의 장갑

오래오래/생각에 잠기기로 했다//시간은 넉넉하니까

- 신해욱 〈점심시간〉 중

나는 조용한 음식보다 생략된 음식을 좋아하는 것 같다.

혼자 먹어도 안심이 되는 음식,

손에 들고 바람 부는 네거리에서 신호를 기다려도 이상하지 않은 음식.

오늘 점심은 아주 매운 낙지비빔밥이었다.

조용하지도 생략되지도 않은, 내가 가장 싫어하는 매운 맛.

하루 종일 이마는 따끈따끈.

이것이 플루flu일지, 몸살일지.

대략의 스케줄을 고려했을 때 사람들을 곤란하게 하지 않으려면

플루일지라도 일주일은 더 넉넉히 엎드려 있어야 한다.

내일의 일기 예보는 비 또는 눈.

바람이 부는 주말, 사무실엔 내내 사람들이 있을 예정이다.

겨울엔 담요 밑에 찬 발을 넣고 따듯한 차를 마셔야 하는데.

모두, 아프지 말아요.

옥상에서 폭발하는 길고 뾰족한 혀. 밤의 벌어진 턱밑
으로 마구 넘쳐흐르지. 혓바닥에서 녹고 있는 한 알의
모래처럼 아무도 당신의 운명을 의심하진 않지만,

- 이기성 〈폭소〉 중

▼　▼　▼　▼

바람이 몹시 불어 추운 주말이다.
12월은 이런저런 일들이 많아 내겐 늘 소란한 달.

Y의 네 살배기 딸은 볼 때마다 어쩜 그렇게 귀여운지. 낯가림도 많이
나아져서 이제는 얌전히 서서 옷을 입혀 주기를 기다리기도 한다. 그
무렵 그때의 우리들은 나이 들어 하나는 아이 둘의 엄마가 되고 하나

는 과로로 까맣게 죽은 얼굴로 만나서 밥을 먹으며 수다를 떨리라고
는 생각하지 못했을 텐데.

세월이 흘러갈수록 세상의 많은 일들은 결국 자기 자신을 위해서라
기보다는 나와 함께 하는 소중하고 고마운 사람들을 위한 것이라는
생각이 든다. 그럼 어때, 나는 웃었다. 세 번째 시집을 출간한 선배의
조촐한 모임도, 그래, 어쩌면 누군가의 말대로 환상일지 모르지만 아
름다운 환상 아니니?

문득 나는 아름다운 것들을 사랑하고 아름답지 않은 모든 것들이 싫
어진다. 이를테면 '눈이 오기 시작하네요'라고 보낸 나의 문자에 '귀
찮아 죽겠네. 웬 눈이람. 다니기 힘들어'란 그녀의 답장 같은.

그녀는 아마 어제 창밖에서 첫눈을 만났나 보다. 나는 일을 하다가 막
끓인 따뜻한 커피 한잔을 손에 들고 잠시 쉬려던 참이었다. 재즈풍으
로 편곡한 캐럴을 듣고 있는데, 어라, 유리를 그으며 아주 작고 가벼
운 눈발이 점점이 떨어지는 것이다. 풍경이 얼마나 아름다웠는지는
그 순간 그 장소의 나 외에는 아무도 모르겠지만.

아름다움에 저렇게 대답해서는 안 되는 것이다.
아름다운 호명에는 아름답게 대답해야 한다.

아니라면, 그냥 침묵하든지.

그녀의 세계에선 그 순간 참 사나운 눈이 내렸나 보다.
저런, 안타까워라.
그렇잖아, 그래도 올해의 첫눈인데.

오래전부터 여자의 몸은 봉방蜂房이다 그 구멍마다 꿀
처럼 감춰진 교성을 흡혈하듯 즐기는 사내가 취해 돌
아오는 밤이면,

- 김지유 〈액션페인팅〉 중

▾ ▾ ▾ ▾

한때 윗집에 사는 여자는 새벽마다 매를 맞았다. 몸을 피하는 여자
가 만들어 내는 소리와 남자가 지르는 고함 소리를 벽이 얇은 오피스
텔의 복층 침대에 누워 머리 위로 들었다. 여자는 엉금엉금 기어 다
니며 울음을 삼켰고 너무 아플 때에만 짧은 비명 소리를 내질렀다.

어느 날 밤 나는 핸드폰을 들고 잠옷 바람으로 윗집 문 앞에 우두커

니 서 있었다. 그녀가 죽을까 너무 걱정이 되어서. 나는 초인종을 누르지도, 문을 두드리지도 못했다. 여자가 울음을 삼킬 때마다 내 목이 아팠다.

누군가 경비실에 이야기했는지, 경찰이 왔는지 한바탕 위층 복도가 시끄러웠던 밤 이후 소리는 사라졌다. 베개에 머리를 대면서 소리를 궁금해했고 한 번도 얼굴을 보지 못한 여자를 생각했다.

오늘 쿵쿵거리는 소리에 눈을 떴다. 몸이 가벼운 꼬마들이 마루를 줄지어 달리면서 만들어 내는 경쾌한 발소리와 웃음소리로 천장이 울렸다. 휴일의 별식을 만드는지 벽의 틈을 타고 달짝지근한 냄새가 건너왔다. 잠이 덜 깬 눈을 손등으로 비비며 아직 꿈을 꾸고 있나 생각했다. 오래 들어 보지 못했던 아이들의 웃음소리가 간지러워서 웃음을 터뜨렸다. 좁은 평수의 오피스텔에서도 아이들은 여전히 탐험할 게 많은가 보다. 쿵쾅거리는 소리는 한동안 계속되었다.

그 여자와 그 남자의 아이들이 아니라는 것은 분명했다. 이사가 잦은 동네 특성상 내가 잠들어 있던 어느 휴일 아침에 여자의 세간들이 건물을 빠져나갔으리라. 왠지 얼굴이 길 것 같았던 여자. 여자는 소리 내어 울지 않아서 매질을 피해 황급하게 마루를 달릴 때마다 나는 침대 위에 오도카니 앉아 심장 소리를 셌다. 여자가 삼킨 눈물이 벽을 타고 내 눈으로 흘러나왔다.

공간은 다시 꿈으로 채워지지만, 여자가 떠난 날의 하늘이 아주 예뻤으면 좋았겠다고, 다시 잠들며 생각했다. 새벽에 이곳에 첫눈이 내렸다

이곳이 세계의 끝이구나./이곳이 우리가 도달할 수 있는 마지막이구나.

- 강성은 〈세계의 끝으로의 여행〉 중

눈이 내린다.

이상하게 배가 고프다.

이상하게 따듯하다.

이상하게 눈이 어둡다.

사무실에 고요히 커피 향기가 퍼진다. 배가 고픈 사람이 나만은 아니었나 보다. 소리 없이 오래 창밖을 바라보는 눈이 있다. 아득하게 어두워지는 것은 공간만이 아니었나 보다. 점심을 먹으러 나가는 사람에게 우산을 빌려 주고 의자 위에서 무릎을 감싸 안으며 오래 창가에 앉아 있는다.

이상하게 배가 고프지만 아무것도 먹고 싶지 않다.
이상하게 따뜻하지만 몸을 웅크린다.
이상하게 어둡지만 세상은 눈부시게 지워진다.

사람들의 마음에 온도계를 집어넣어
일을 할 수 없을 정도로 춥거나 뜨거울 땐
잠시 하늘에서 골방이 내려와 보호해 주면 좋겠다.
아무리 허기지더라도
아무리 따뜻하더라도
아무리 눈이 어둡더라도
이 공간에서는 누구도 입을 열어 서로의 허기를 발설하지 않는다.
들키지 않아야 우리 모두 평화롭기 때문이다.
비밀을 함부로 들키는 자는
안락한 천장과 책상과 의자를 떠나 눈보라 속으로 지워져야 한다.

난 텅 빈 사무실을 사랑한다. 사람들이 사라지고 그들이 미처 챙기지 못한 비밀들이 유령처럼 증발하는 모습을 인사도 없이 바라보는 것.
손가락 끝에서 컵에 남은 온기가 사라지는 시간을 느끼는 것.

나는 이곳을 떠나야겠다고 늘 결심하면서 아직도 이곳에 있다.
십여 년을 조금 조금씩 다르지만
결국은 닮은 풍경을 전전하며 살아왔다.
비밀이 뼈가 되어 무럭무럭 자라는 동안,
잠들 때마다 희미하게 배기는 불편을 양육하는 동안,
조금씩 다른 텍스트로 이루어진 명함을 바꾸는 동안.
눈이 건너갈 수 없는 세계로의 모든 다리를 지우는 동안,
나는 여기 있다.
모니터가 깜박이고
시계는 1시를 알리고
훈훈한 김치찌개 냄새를 풍기며 모두가 돌아오는
이 마르고 춥고 환한 공간에.

못다 한 고백들이 정전기가 되어/그 사이로 스며든
다//누군가의 발소리가 흠뻑흠뻑 들린다/털이 많은
짐승 하나/아랫도리를 부드럽게 스치며 지나간다//유
리창을 한페이지 넘긴다/나는 하얗게로 지워진다

- 김소연 〈폭설의 이유〉 중

▾　▾　♥　▾

금희 씨는 정말 외로워 보였다. 전혀 불쾌하게 들리지 않았던 그녀
의 욕설 다음으로 가장 많은 말이 외롭다는 것이었다. 그녀는 외로워
서 쳐다봐 달라고 시종일관 팔을 치고 꼬집어 댔다. 외롭다고 말하며
주먹으로 가슴골을 훑어 내리고 올릴 때 분명 브래지어를 하지 않은
가슴이 출렁거렸다.

통통배를 타고 바다에 나가 있는 기분이었다. 울렁거리는 바다를 아주 가까이서 보는 느낌이었다. 나는 내 몸의 수위가 높아져 수몰 위험 경보가 내리면 말없이 한 시간이고 두 시간이고 눈물을 흘리곤 한다. 그녀는 술을 마시고 처음 보는 사람에게 친근하게 다가와 외롭다고 말하며 제 안의 파도를 다스리는 모양이다. 사람의 외로움에 많고 적음이 있으랴만 금희 씨의 외롭다는 말은 내가 최근에 접했던 외로움 중에 가장 절절했다.

나는 눈 내리는 날의 화려한 거짓말을 좋아한다. 모든 요철을 가리고 시침 뚝 떼고 돌아앉아 있는 옆모습이 정말 마음에 든다. 설령 발을 내디디면 여기저기서 덜 아문 허방이 속출해 신발을 버리고 때론 발목을 삐게도 하지만, 공평무사한 듯 태연자약한 듯 그리고도 그지없이 아름답게 빛나는 거짓말이 좋다.

눈이 녹으면서 어쩔 수 없이 드러나는 요철들은 너나없이 질척거린다. 예쁜 얼굴로 많이도 울어서 그렇다. 뻣뻣한 자존심도 마음에 든다. 외롭다는 것은 울렁거린다는 것이다. 나는 매끄러운 얼굴로 창을 열고 세상을 가만히 내다보다가 가끔 커튼을 내리고 눈물을 흘린다.

숨어서 울고 당신 앞에서 웃는다.

때로는 당신 팔을 꼭 잡고 말없이 서서 한 시간이고 두 시간이고 눈물을 흘리고 싶은 순간도 있다. 아무 말도 돌아오지 않아도 그저 거기 서 있어 주는 것만으로, 손가락 끝에 닿은 온기만으로 울렁거리는 마음을 잠깐 다스리고 싶을 때도 있다. 내가 거기 있었던 잠시만이라도 금희 씨가 외롭지 않았더라면 좋겠다.

어깨가 기울어지도록 나는 내 인생이 마음에 들어/아직 건너 보지 못한 교각들 아직 던져 보지 못한 돌멩이들/아직도 취해 보지 못한 무수히 많은 자세로 새롭게 웃고 싶어

- 이근화 〈나는 내 인생이 마음에 들어〉 중

▼   ▼   ▼   ▼

눈이 내린다.
올해의 처음 눈이 내린다.
올해의 가장 슬픈 눈이 내린다.
올해의 가장 아름다운 눈이 내린다.

눈을 맞으며 오지 않는 버스를 기다렸다. 우산을 펼치지 않고 기다렸

다. 처마 밑에 들어가지 않고 기다렸다. 버스 정류장 표지 옆에 조금 떨어져 서서 머리 위로, 속눈썹 위로, 콧잔등 위로 내리는 눈을 느끼며 나는 뜨거웠다. 뜨거운 볼에 닿은 눈이 바로 물로 변했다. 나에게 닿는 모든 눈이 눈물로 변했다. 내가 울지 않아도 얼굴 위로 한 줄기, 두 줄기 눈물이 흘러내렸다.

속삭였다, 눈이 와요.
부치지 못하는 마음,
말하지 못하는 마음을 입김처럼 내보냈다.
눈이 와요.
당신을 만나고 나서부터 늘 눈이 보고 싶었어요.
모든 것을 지워 줄 눈을 기다렸어요.
하지만 눈이 내려도 아무것도 지워지지 않는다.
풍경은 더욱 또렷해진다.

버스에서 내려 눈을 맞고 걸었다. 여러 번 미끄러졌다. 눈이 소복이 쌓인 모든 것들을 사진 찍었다. 하얀 나무, 하얀 타이어, 눈이 쌓인 공터, 눈사람을 만드는 아이의 빨간 모자, 눈을 맞고 서 있는 자동차, 입 맞추는 연인들, 자전거 정류장, 회오리치는 하늘, 회오리치는 허공, 추운 나의 방에서 날 기다리고 있을 나의 갈색 강아지……. 나의 슬픔 따위는 까마득히 모를 어떤 마음에 대해 내가 속삭이듯 물어보는 안부 같은 것.

올해는 가장 많은 생일 선물을 받았다. 은빛 귀걸이, 무어든 생각나
는 것을 적으라는 칠판, 빨간 목도리, 작은 핀, 직접 만든 쿠키, 예뻐지
라는 화장품, 더 예뻐지라고 손수 만들어 준 한방 비누, 향긋한 말들,
전화들, 문자들, 그리고 미소들. 아무것도 모르는 친구들이 아무것도
모르면서 왠지 네가 생각났다며 보내 준 편지들.

아직 오지 않은 생일을 축하하느라 열이 펄펄 끓는 몸을 끌고 바람과
눈 속을 걸어 다녔다. 내가 아픈 줄 모르는 친구들이 환호를 질러 주
고 박수를 쳐 줬다. 나는 한껏 방긋 웃었다. 가장 다정한 목소리로 고
맙다고 말했다. 눈이 내린다.

눈이 와요.
나는 잠깐 난분분한 풍경 뒤에 숨어서 울었다.
그러니 햇빛 아래서는 한껏 방긋 웃어야지.
가장 다정한 목소리로 고맙다고 말할 것이다.

하얀 어둠도 눈발 따라 푹푹 쌓이는 저녁/이번엔 내가
먼저, 긴긴 폭설 밤을 산마을에 가둔다/흰 무채처럼 쏟
아지는 찬 외로움도 예외일 순 없다

- 박성우 〈나흘 폭설〉 중

▼　　▼　　▼　　▼

갇히고 싶어서 일부러 눈 내리는 계절을 택해 산으로 숨어든 적이 있
다. 언젠가는 생각지도 못했는데 눈이 펑펑 내려 산에 갇힌 적도 있
다. 발목까지 푹푹 빠지는 눈밭을 헤치고 하산하면서 뺨을 때리는 눈
발의 차가움과 젖은 옷의 축축함, 아까부터 조금씩 아랫배를 당기는
요의에 불편함을 느끼면서도 왠지 아늑하다고 생각했다. 길 잃은 자
의 아늑함을 생각했다. 낯선 풍경 속에 조난당한 자가 느끼는 비할

수 없는 아름다움을 생각했다. 내려와 문명의 깨끗한 카페에 들어가 화장실에서 안도의 숨을 내쉬며 볼일을 보고 커다란 머그잔에 한가득 커피를 마시며 느꼈던 안온함과는 다른 무엇이었다.

살아서 가끔 죽은 듯 느낄 때가 있다.
이곳이 살았을 적의 기억들인 온갖 부장품들로 꾸며 놓은
내 무덤 속 석실이 아닐까, 멍하니 머리를 기댄다.
익숙하던 모든 것들이 더없이 낯설어질 때,
내 방 안에서 길을 잃고 갇힐 때,
나는 폭설 속에 우두커니 서 있던 기억을 떠올린다.

낮인데도 어둡다. 어제 눈 안을 어지럽게 날아다녔던 나비 같던 햇살은 거짓말 같다. 이런 날은 커피가 참 맛있지.

당신을 기억하는
슬픈 버릇이 있다

#토요일의 구두

모두 서 있다, 나의 고독한 내장의 일체/뼈와 뼈 사이
의 뼈 뒤의 뼈 위에

- 고형렬 〈서 있는 내부의 빌딩들〉 중

▾　▾　♥　▿

종합 쇼핑몰 꼭대기 층에서 몇 개월 일을 한 적이 있었다. 잠깐 지루
해질 때마다 에스컬레이터를 타고 아래층 쇼핑몰에 내려가 하릴없
이 돌아다니곤 했다. 마음이 많이 추워지면 핀이나 손수건 같은, 소
용이 닿지 않으면서 소소한 싸구려 물건들을 하나씩 샀다. 그러면서
구한 것이 불이 들어오는 귀이개였다. 아마도 엄마가 아가들 귀를 파
주며 쓸 법한. 플라스틱으로 되어 있고, 버튼을 밀면 귀를 파는 부분

에 환하게 불이 들어오는.

귀 파는 걸 너무 무서워해서 대학생 때는 정기적으로 친구 자취방에
가서 그녀의 무릎 위에 드러누웠다. 지금은 쌍둥이 엄마가 되어 있는
그녀는 아프지 않게 살살 귀를 팔 줄 알았다. 귀를 파는 동안 너무 무
서워서 눈을 질끈 감고 있다가 몸을 일으키면 어느덧 얼굴은 진땀과
눈물로 흥건하곤 했다.

그녀가 졸업을 하고 취직을 하고 결혼을 하면서 더 이상 그녀의 솜씨
를 빌릴 수 없게 되자 궁여지책으로 고안한 것이 면봉. 면봉에 소독
약을 듬뿍 묻히고 귀 안을 문지르면 묵은 귀지들이 나왔다. 소독약이
휘발되면서 귓속에 번지는 시원한 느낌. 나는 작은 날개 한 쌍을 모시
고 햇빛 아래 나온 나비처럼 깨끗해진 느낌으로 한참을 앉아 있었다.

불이 들어오는 귀이개는 면봉보다 시원하진 않았지만 왠지 신뢰감이
들었다. 환한 불이 귓속으로 들어가면 왠지 상처 입지 않고도 깨끗해
질 것 같았다. 하지만 귀이개는 얼마 전 바자회 물품으로 회사에 헌납.
100원에 팔려 나가 또 누군가의 어둠을 밝히고 있으리라.

오랜만에 면봉으로 귀 청소를 한다. 귀가 시원해진 느낌이다. 들리지
않았던, 혹은 들으려 하지 않았던 소리들이 좀 더 똑똑하게 들리는

느낌. 음모론에 시달리는 마음에는 적잖은 위로다. 작당하듯 은행잎이 쏟아지고 사람들은 모두 가여워하는 눈빛들. 믿을 수 없는 가을.

휴가는 당분간 안녕.
마음은 도피 중.
나는 자야 한다.
안녕히, 그리고 안녕!

그가 보고 싶은 건 백 개의 눈 백 개의 혀를 가진 꽃의
얼굴이거나/꽃의 달이 해를 삼키는 개기일식 — 뜨거운
코로나/그가 기억하는 건 앞다리를 버리고 남은 두 발
로 잔인하게 걸어가는 꽃의 직립/누구도 앉은 적 없는
꽃의 빈 안장, 비루먹은 꽃의 말잔등이었네

— 류인서 〈알리바이〉 중

▾ ▾ ♥ ▾

그의 목소리는 너무 작아서 들리지 않았다.
하지만 그의 울컥, 은 강했다.
울컥, 의 앞뒤로 희미하게 나는
'내 책상 위에 있는 책들'이라는 이야기를 들은 듯도 한데,
그러자 곧 새벽녘 고요 속에서
텍스트에 둘러싸여 있는 한 명의 인간을 생각했고,

아무것도 아니며 아무것도 없음의 미칠 듯한 고독이
갑자기 얼굴을 돌려 코밑까지 들이대는 느낌이었다.
물을 삼킨 것처럼 목이 먹먹해졌다.
못 견디고 일어났고,
일어나서 다행이었고,
버스를 타고 오면서 좋았다.

약간의 잠에 들린 상태에서 앞자리에 앉은 꼬마 아이와 장난을 쳤다.
심야 버스에 꼬마 아이의 까르륵거리는 웃음소리가 메아리쳤지만 누
구 하나 짜증을 내지 않았다. 아이는 눈이 작았지만 아주 예쁜 속쌍
꺼풀이 있었다. 복숭아같이 촉촉하고 매끄러운 뺨을 가지고 있었다.
나는 졸다가 눈을 떠서 손을 흔들어 주거나 까꿍 놀이를 해주었다.

예뻐라, 예뻐라, 어린 것.
연하고 순한 것.
예뻐라, 마음.
예뻐라, 당신.
눈부신 빛에 둘러싸여 미칠 듯 고독한 당신

나는 오랫동안 걷다가 지치면 문득 서서 당신의 침묵을
듣습니다 그것은 당신이 내게 남긴 유일한 흔적입니다
병을 앓고 난 뒤의 무한한 시야, 이마가 마르는 소리를
들으며.

- 서대경 〈벽장 속의 연서〉 중

▾　▾　♥　▾

오늘밤, 나는 두서없이 여럿의 여자와 한 남자에게 긴 편지를 쓰고
싶다.
여럿의 여자 중엔 벌써부터 마음이 바삭바삭거리는 아이도 있고,
실연을 못 이기고 씩씩한 척하는 모습이 더욱 안타까운 아이도 있고,
양팔을 높이 들고 가을바람 부는 골목을 소리 지르며 같이 달리고 싶
은 아이도 있다.

나는 그녀들에게 오늘 텅 빈 완행버스를 타고 집으로 돌아오면서
여자는 좁고 긴 터널을 통과하는 것이라며
끝내 눈시울을 붉혔던 일을 이야기해 주고 싶다.
아무리 웃어도 사라지지 않는 내 안의 여자란 것에 대해,
아무리 울어도 사라지지 않을 그네들의 여자란 것에 대해
그냥 허공에 별을 떨어뜨리듯 말하고 싶었다.
편지를 마치고 난 후 흰 종이를 꺼내고 심호흡을 하며
다시 펜을 종이에 지그시 누르고 싶었다.

당신에게 여러 통의 편지를 썼다.
나의 자그마한 선물들에 끼워진 짧고 긴 편지들,
쪽지들, 책머리에 썼던 인사들.
행간에 참 많은 한숨이 섞여 있었는데,
그것들을 너무 깊이 숨겨 놓아서일까,
그것들을 보고 싶지 않아서일까.
미끄러지고 사라지고 빛나면서 멀어졌던
내 많은 말들을 당신은 기억하는가.
그렇다면 오늘 난 또 서랍 속으로 한 통의 편지를 보낸다.
부치지 못할 편지, 말하지 못한 말,
등 뒤의 화원에서 간간이 들리는 당신의 목소리,
웃음소리.

내가 부재한 곳에 있는 빛나는 것.
내가 부재하더라도 여전히 빛나는 것.
나는 그 빛을 동경하고 질투하고,
그 빛에 상처 입고 치유받는다.
손가락 사이로 미끄러지는 물처럼.
골목과 골목을 돌아 멀리.

이 기슭에서 누군가 매일 기어오르고 있다. 손톱을 내 장에 박으며 위로, 점점 위로, 오는데 조금도 가까워지지 않는다.

- 손미 《달은 떨어질 자격이 있다》 중

▼　▼　▼　▼

티끌 하나 없는 허공은 아름답고 낯설다.

피로가 지나쳐서 과로를 넘어설 때, 녹초가 된 목요일의 퇴근길 버스 유리창에 비친 내 유령이 그렇다. 뼈까지 투명하게 들여다보이는 내가 어떠한 여유도 부릴 수 없는 앙상한 가시를 닮은 일상을 통과하느라 표정을 없앤다. 아아, 그건 왠지 맑다. 허무하게도.

한참 울고 나면 마음이 투명해질 때가 있다.
먼지 많은 사무실에서 때가 잔뜩 앉은 렌즈를 눈물로 씻어 내자
뻑뻑함도 사라지고 되레 세상이 환해 보이는 것처럼.

꼬맹이 신입 사원 시절에는 무슨 일이 있어도 울면 안 된다는 사회의
불문율을 몰랐다. 몰라서 자주 울고, 울어서 가벼워지고, 자주 유령이
되었다. 몰랐다. 내 나름의 후련함을 얻는 동안 주변 사람들은 불편
함만 쌓아 갔다는 것을. 이 세계는 통제를 잘 이루어 내는 자가 힘이
라는 것을. 투명이야말로 자본주의의 법으로는 도저히 용납되지 않
는 아름다움이라는 걸. 그래서 어릴 적 선물 받은 24색 크레파스 상
자 안에는 '투명'이란 색이 없었다는 것을.

빛은 만물을 환하게 만들고
반드시 그만큼의 그늘을 숨겨 놓는다.

사원이 대리가 되고 과장이 되고 차장이 되고 팀장이 되고 녹초가 되
는 길, 그 색깔이 되는 길. 기진맥진의 일상 중에서 자주 유령을 만나
는 길에 드리워진 그늘. 그래서일까? 자존심을 접어 두고 항변이나
저항을 잠시 잊고 굴종의 미소를 잠시 얼굴에 그려 보는 일상 중에
나는 하늘을 자주 올려다보게 되나. 그것이 투명하면 투명할수록 안
심하게 되나. 빛조차 없는 무의 벼랑에는 안간힘을 쓰며 기어오르려

고 박아 넣다 부러진 손톱 따윈 찾아볼 수 없으니.

닿으려고 기어올랐으나 어느덧 무엇을 위해 기어오르는지 잊어 방향
을 잃고 두리번거리는 오늘 하루, 여기의 꿈이라서.

그러니까 이제 더 가벼운 것에 대해 생각해보자/대기
권을 향해 전속력으로 상승하는/풍선의 사랑과/너무
말이 없었던 하루/그리고 아프리카 식 인사법 같은 것

- 이장욱 〈아프리카 식 인사법〉 중

▾　　▾　　♥　　▾

쌀쌀해지기 시작하는 이 무렵을 좋아한다.

투명한 바람이 대기를 가득 채워

어느 것 하나 흐림도 번짐도 없이 맑은 이즈음.

해가 지는 시각이 일러져 퇴근 시간이면 벌써 거리가 어둑어둑해지는.

거리에서 커다란 플라타너스 낙엽을 주웠다.

연남동 시절, 가로등이 드문드문 켜진 골목에 가득 쌓인
플라타너스 낙엽을 밟는 소리에도 자지러지게 울었던 나.
어린 나.
눈물이 번진 얼굴을 플라타너스 낙엽으로 가리고
노래를 부르며 걸었던 그 가을의 나.

이렇게 맑은 밤이면 시간과 공간이 모두 투명해져
어리디어린 기억들마저 모조리 호출할 수 있을 것만 같은
가을이 좋다.
당신의 소맷자락에서 풍길 것만 같은 향기가 나는.

친구여 너는 난청지대에서도 여전히 아름답다 그런 너
를 기타라고 부르면 사랑니가 아프다

- 안현미 〈기타 등등〉 중

▾   ▾   ♥   ▿

목욕탕을 나와 신호를 기다리며 횡단보도에 서 있는 동안

땅거미가 지고 날이 어두워졌다.

노을의 잔재가 낮게 붉어지고 나무들이 풍경의 구멍이 되는 시간.

윤곽부터 어두워지는 풍경 속에 서서 젖은 머리를 만지며 중얼거렸다.

이 동네에 오래 있었구나.

마음의 정든 주소가 또 하나 생기고야 말았구나.

정드는 게 특기인 내 옆으로 정든 번호의 좌석버스 하나가 지나갔다.

휴일이라 텅 비어 환한 의자들이 지나갔다.

정든 번호, 정든 버스, 정든 풍경, 정든 당신.

내 심장의 칸칸이 정든 주소들이 환하게 불을 밝히는 저녁.

어쩌면 우린 거대한 시간을 통과한 건지 몰라/공중에서 추락하면서 질끈 눈을 감아 버리는 순간처럼 수많은 기억을 봉인한 채/이곳에 너무 일찍 도착했거나 지각했는지도

- 김지녀 〈서머타임〉 중

▼　▼　▼　▼

요즘은 저물녘이 좋다. 해가 질 시간이 되면 일을 하다가도 창가에 가서 하염없이 풍경을 바라본다.

내가 일하는 곳에는 사무실 복도 한쪽 끝으로 화물용 엘리베이터가 있는 조그만 공간이 있다. 꽤나 큰 창문과 걸터앉을 창턱이 있다. 와이셔츠 소매를 걷어 올린 남자들이 금연 표지 아래서 태연하게 담배

를 피고, 나는 조그만 무릎 담요를 끌어안고 창턱에 걸터앉아 풍경을 바라본다.

해가 지고 붉은 기운이 서서히 건물들을 물들인다.

파견만 다니는 일 년 남짓이었지만, 일하는 곳에서 본사 건물이 보이는 일터는 이곳이 처음이다. 7층에서 9층으로 올라오고 나서는 더욱 또렷하게 볼 수 있다. 나는 담요로 무릎을 덮고 창턱에 길게 다리를 뻗은 채 앉아 그곳을 본다.

사무실에서 햇빛의 수혜를 받는 자리는 영업 다니느라 거의 비어 있는 책상뿐이다. 희한한 건물 구조 때문에 창이 커도 햇빛을 거의 받지 못하는 사무실에 있는 내 화분들은 형광 불빛을 향해 기형적으로 구부러져 있을 것이다.

나는 키가 큰 사람이 되고 싶었다. 작은 키여서 세상엔 내가 볼 수 없는 풍경이 많았다. 키가 큰 사람들이 내 앞을 가로막고 풍경을 가리면, 나는 팔짝팔짝 뛰거나 순한 눈으로 풍경을 묻거나 비켜 달라며 손을 밀어 넣는 대신 그들의 등을 완상했다. 사람들의 등은 옛 동네의 골목들처럼 복잡하고 어지러웠다. 구부러진 곳마다 많은 이야기들을 짐작하게 했다. 하지만 그건 단지 짐작일 뿐, 길들은 단순히 시시각각 달라지는 햇빛을 품고 있을지도 모른다.

잠깐 서서 딴 생각을 했는데, 손에 들고 있던 소설책을 대체 어디에

펼쳐 놓고 왔는지 기억이 나지 않는다. 대책이 서지 않는다.

죽었다고요? 그런데 손가락으로 똑바로 캄캄한 델 가
리키고 있는 넌 누구니?

- 김이듬 〈쿠마리〉 중

▾ ▾ ♥ ▽

H는 어디 여행이라도 가는 듯 떠났다.
부친상을 당한 사람의 나이를 물으니
일요일에 결혼하는 Y와 같단다. 스물아홉.
아직 사랑하는 사람을 영영 떠나보내기엔 턱없이 어리고 여린 나이.

어렸을 적, 놀이터에서 놀다가 해가 지기 시작하면

집집마다 엄마나 아빠가 나와 친구들의 이름을 소리쳐 부르곤 했다.
등이 넓은 아빠의 손을 잡고 걸어가는 친구의 뒷모습을 보면서
해가 져서 어두워질 때까지 놀이터 그네에 조용히 앉아 있었다.
그걸 샘냈다면 어린 내 마음은 멍이 가실 날이 없었을 것이다.
놀라운 생존 본능과 의외의 낙천성으로 나는
질투라는 감정 대신 슬픔이라는 감정을 만드는 법을 배웠다.
슬픔이 온몸에 차올라 죽기 직전이 되기 전까진
마려운 눈물을 참는 법도 배웠다.

소리 내어 울지 않는다, 어지간한 일이 아니면.
나는 늘 소리 없이 눈물을 흘린다.

키가 큰 한 남자가 키가 작은 한 여자의 목을
뒤에서 쥐고는 우스꽝스럽게 길을 걸어가고 있다.
흡사 강아지를 들고 가는 것처럼.
그러다가 그들은 슬그머니 손을 내려 손바닥과 손바닥을,
손가락과 손가락을 맞댄다.
손을 맞잡은 두 사람이 걸어가고 있다.

내 마음의 검은 독에 잔잔한 슬픔이 고인다.
바닥이 보일 정도로 투명하다.

젊은 날 우리는 나를 실어나르는 전동열차의 흔들림과
반복되는 율동에/얼마나 많은 티켓을 지불했나/아주
사사롭게도

- 박철 〈사소한 기억〉 중

H가 결혼을 한다. 아주 오래 만나 왔던 우리는 대학 시절 매점에 나란
히 앉아서 요구르트를 먹으며 사소하게 투닥거렸다. 오늘도 우리는
메뉴 선택을 두고 공산당이야, 아니야, 티격태격 밥을 먹었다.

Y는 내일 제주 올레를 떠난다. 그녀는 하루가 다르게 마음의 키가 커
가고 나는 점점 겁이 많아진다.

또 다른 H는 자취 생활 십 년 차에 드디어 집에서 김치를 담가 먹는 경지에 다다랐다고 말한다. 압력솥과 채칼과 간편 요리들에 대해 수다를 떨었다.

대학 시절 우리는 언제나 함께였다. 늘 좋았다고는 말할 수 없다. 굳이 말하자면 우리는 참 이상하게 친한 사이였다. 드문드문 볼 때는 일 년에 두서너 번 서로의 생일에만 만나기도 했다. 그래도 언제나 그 친구들이 마음의 일 순위였다. 그녀들도 역시 그러했으리라. 요란 떨지 않고 잔잔하게 서로에게 스며든 십 몇 년이었다고 해야 하나. 이제는 무엇을 원하는지 알고 만나지 않아도 눈빛만 보고 가방이나 구두를 골라 주는 경지에 다다랐다.

각자 외로운 나무로 따로 산다고 생각했다. 그만큼 담담하고 강한 우리였다. 여기저기 삐끗거리고 병이 나고 마음이 상하고 슬픔과 기쁨이 파도처럼 밀려올 때마다 위로와 축하를 함께 나누었던 세월. 그동안 어느덧 붉고 아름다운 끈으로 서로의 마음이 하나로 묶여 있음을 안다. 또 오랜 세월을 우리는 그렇게 지낼 것이다. 심심하고 덤덤하게, 없어도 있는 듯 있어도 없는 듯.

그 세월 동안 우리는 여전히 서로를 물들이겠지. 물들고 스며서 어느덧 무늬가 내 몸에

배어드는 것. 이제는 배어든 무늬가 이물스럽지 않다.

생은 아마도 길고 지루할 것이다.
그때 손을 내밀면 맞잡을 손이 있어 다행이다.
당신의 하늘과 나의 하늘이 몸을 섞어 같은 색인 것이 다행이다.

유비비디오는 겨우내 거듭 장미를 피워내지만/나는 컵
라면에 물을 채우는 나날이었다/라면 컵 속에 하루가
끓는다는 생각//그리움은 다 그렇다

- 박태일 〈유비비디오에서 알려 드립니다〉 중

▼ ▼ ♥ ▼

며칠째 계속되는 목 통증으로 어제는 구급상자를 뒤져 파스를 찾았다.
평소에는 열지도 않는 문갑 속에는 케이블 TV를 달면서 더 이상 쓰지
않는 비디오가 들어 있었다. 그 옆으로 낡은 테이프들이 잔뜩 꽂혀 있
었다. 대학 시절 친구가 녹화해 준 〈X 파일〉도 있고(친구와 나는 멀더의 광
팬이었다), 동생이 녹화해 준 〈에반게리온〉과 몇몇 고전 영화들도 있다.

지금 틀어 본다면 테이프가 걸려서 아마 엉망이겠지만,
불과 십수 년 전만 해도 테이프들은
지루하고 긴 밤을 나와 함께 보내 준 친구였다.
당시 나는 무엇이 아픈지도 모르고 아파하고,
무엇이 그리운지도 모르고 그리워하고,
무엇을 해야 하는지도 모르고 망설이고만 있었다.

밤새도록 오래전 영화들을 보면서 맥주 한 병을 천천히 비웠다.
그러다 새벽이 창을 희게 물들이자 빚이라도 진 사람처럼 화들짝 놀
라며 얼른 이불을 덮고 늦은 잠을 청했다.
성능 나쁜 꿈이 지직거리며 영화의 몇 장면을 엉망으로 이어 붙여
틀어 주었다.

그 시절의 나는 무언가가 몹시도 슬펐지만,
무엇이 슬프게 하는지 몰라서 더 슬펐다.
우리가 흔히 하듯이 나도 막연한 낭만에 손을 흔들었던 것 같다.
그런 건 치기지만, 때로 나는 그 시절이 그립다.

오늘 아침에 버스를 타고 오면서
높은 지대의 골목으로 올라가는 긴 계단을 발견했다.
종아리가 하얀 처녀가 반바지를 입고 계단을 오르고 있었다.

아침 땡볕이 그녀의 등에서 눈부셨다.
그건, 있잖아, 무척이나, 아름다웠다.

당신을 기억하는
슬픈 버릇이 있다

#일요일의 안경

청춘은 글쎄…… 가버린 것 같다/수천 개의 회색 종을
달고서 부드러운 노란 날개 하나/천천히 날아오르는
것 같다

- 진은영 〈이 모든 것〉 중

▾ ▾ ♥ ▾

안개가 자욱했다.
기차가 오고 있다고 땡, 땡, 땡, 땡, 경보가 울리고 있었다.
소리는 길고 안개는 짙고 차들은 불빛으로 서 있었다.
빙 돌아오는 버스를 타고
어두운 불빛에 기대 한참을 책을 읽은 나는 눈이 아팠다.
영원처럼 이렇게 서 있을 것 같다고 생각하는 순간,

171

속이 환하게 빈 열차가 철커덕거리며 지나갔다.
파주에서 오는 기차일까.

몇 년 전 파주역에서 백마역까지 혼자 기차를 타고 온 적이 있다.
외근을 마치고 바로 퇴근하는 길이었다.
금방이라도 눈이 내릴 듯이 하늘이 희끗희끗했다.
배웅하러 나온 영업 사원의 말들에 건성으로 대꾸하면서
나는 따뜻한 캔 커피 하나를 샀다.
털장갑 안으로 미미하게 전해져 오는 온기가 달짝지근하니 슬펐다.

내가 기억하는 많은 순간들에 나는
눈을 멍하니 뜨고 혼자 앉아 있다.
나는 타인처럼 나를 추억한다.
잠든 당신의 무게를 어깨로 느끼며 선잠에서 설핏 깨곤 했던
지난겨울의 창문들은 모두 오늘처럼 짙은 안개를 거느리고 있었다.
창문에 비친 당신의 옆얼굴과 내 눈을 기억한다.
버스가 흔들며 헤쳐 놓았던 안개의 질감을,
당신의 녹진한 잠을 지탱하던 내 어깨를 떠올린다.
열린 창문으로 들어온 바람이 옆머리를 날린다.
뒤통수가 차갑다.

누구나 그러하듯 내게도 꿈이 하나 있다/하얗게 물을 뿜어 올리는 화분 하나 등에 엎고/어린 고래로 돌아오는 꿈

- 송찬호 〈고래의 꿈〉 중

아주 어릴 적부터의 습관.

잠이 들기 전 양손을 가슴 위에 모으고 눈꺼풀을 내리는 순간,

하루 중 가장 소중했던 시간과 사람을 생각한다.

물론 눈꺼풀 안쪽으로 텅 빈 공간이 그려질 때도 있지만,

그런 날은 손바닥 밑에서 똑같은 리듬으로 뛰고 있는

내 심장에 심심한 위로를 보내며 씁쓸하게 잠을 청하곤 하지만,

173

빛나는 순간과 빛나는 사람이 떠오르는 운 좋은 어떤 날에

나는 아주 짧은 동안 전심전력으로 그 시간과 사람만을 향한다.

모든 영혼의 감각이 한꺼번에 그를 향하여 마음의 지문으로 남는 순간.

그걸 나는 기도라고 부른다.

아주 고단했던 한 주가 흘러갔다.

잠옷으로 갈아입고 침대에 들어

양손을 심장 위에 올리며 그대의 평안한 잠을…….

오, 그러나 기하학을 구현하는 내 고양이의 몸이여/마
저 사뿐히 직선을 긋고/담장이 꺾이는 곳에서/너는 순
식간 소실됐지/그 순간 사방에서 매미들이 울어댔지/
그 순간 날이 훤해졌지/그 순간 눈물이 솟구쳤지

- 황인숙 《란아 내 고양이였던》 중

▾ ▾ ♥ ▾

설익은 낮잠에서 깨어나 왠지 모를 불안으로 가슴을 누른다.
할 일이 있고 나는 빈둥거리고 있다.

어제는 대학 친구들을 만났다. 삼십대에 접어들면서 우리는 떡볶이를
먹던 분식집에서 오코노미야키를 먹는 철판 요리집으로, 학교 매점에
서 사 먹던 요구르트에서 스타벅스 커피로, 학교 밑 지오다노에서 열린

창고 대방출 행사에 가서 단체로 사 입었던 흰 폴로 티셔츠에서 두 개
를 사면 20% 할인을 해준다는 예쁜 나염 티셔츠로 변해 왔다. 우리의
수다도 학점에서 취업으로 연애로 결혼으로 점점 걸음을 옮겨 간다.

사방이 달콤한 봄날이어야 하는데,
비가 내리지 않아 대기가 푸석푸석하다.
나는 건조한 공기 속을 헤치고 걸어 다니며 마른기침을 했다.

때로는 내가 이러한 고독을 자청한 것이 아니라
음흉하고 사악한 손이 등을 떠밀었다고 믿고 싶어진다.
그런 날이 있다.
뜻 없이 누군가가 보고 싶어도
보고 싶다는 마음을 사무치게 눌러놓고
창문을 열어 환기를 시키는 휴일 아닌 휴일이 있다.

하늘이 조금만 환했어도 견디지 못하고 호수공원에라도
산책을 나갔을 텐데, 다행이다.
성실한 사람처럼 하루 종일 노트북 앞에 앉아 자판을 두들기다,
방 안을 서성이다를 참을성 있게 반복하는 나를 끌어안고
괜찮다, 괜찮다, 다독여 준다.

옷장 문을 열고 펑펑 우는 순간을
이렇게 고백할 수 있어서 나는 여기까지 잘 살아왔다.
그러니 괜찮아, 모든 것이 다 오케이.

코바늘로 뜬 눈의 결정 모양 도일리처럼 한 코에서 시
작했지만 모든 코를 잃어버려야 완성되는/그 마음의
가장자리들

- 유형진 〈가벼운 마음의 소유자들 - 린넨 버드 로빈 코코아 그리고 때 전 사탕양말〉 중

▼   ▼   ▼   ▼

오래전에 알던 사람과 마주 앉아 이야기를 한다.
천천히 맥주를 마시면서, 천천히 주위를 둘러보면서.
오래전에 알던 사람과 아주 오래전 이야기를 한다.
너무 아득한 이야기지만 호주머니에 손을 넣으면 잡히는 동전처럼
입 밖으로 나오자마자 온기를 가지고 살아서 움직이기 시작한다.
오래전에 알던 사람과 오래전에 함께 알았던 사람들의 근황을 이야

기한다.

그때의 마음들이 방울방울 떠다닌다.

나는 무심한 슬픔으로 그 마음들을 쳐다본다.

아주 오래전에 알았던 사람과 띄엄띄엄 이야기를 한다.

아주 오래전 그날부터 지금까지의 이야기를 한다.

우리가 함께 변해 왔다는 것을 이야기한다.

아주 오래된 인연은 낡은 옷처럼 편안해진다.

그건 긍정적인 변화고, 조금은 슬픈 상실.

아주 오랜만에 봄에 갔다.

난 봄에서 가장 아름다운 연시를 쓴 적이 있다.

그날은 초여름의 어떤 날이었고 나는 조금 슬펐다.

사랑하는 사람이 없었는데도 나는

사랑하는 마음으로 냅킨을 펼쳐 모나미 볼펜으로 시를 썼다.

봄에서 나는 늘 사랑하는 마음이 된다.

어제 나는 사랑하는 마음으로 봄에서 시를
썼다.

내 마음의 한구석에 정성껏,

지금 곁에 없는 그의 이름을 부르며 시를
썼다.

언젠가 우리는 봄에 갈 수 있을까.

가볍고 아름답고 시시하고 통속적이고 슬픈,

봄.

나는 저녁이 이렇게 흘러가는 게 마음에 든다/부서진
시계추를 버리지 않고, 네가 그것을/춤추지 않는 발목,
이라고 불렀을 때처럼

- 박판식 〈룸이라는 나라의 오해〉 중

▾ ▾ ♥ ⍤

11월이다. 누군가 가장 싫어하는 달이라고 말했던 11월. 그러자 이구
동성으로 모두 싫어한다고 말했던 11월.

11월은 코가 긴 노처녀 같다며 누군가 웃었고 그러자 11월은 어쩐지
늙음의 혐의가 있다고 누군가 동의했고 11월은 모양부터 말라깽이
라며 한 사람이 고개를 젓자 아름다운 것들에 무한한 애정을 바치는

일동들이 모두 고개를 끄덕였고 함박눈도 좀처럼 내리지 않고 크리
스마스도 없고 하루하루 추워지기만 하니 슬픈 생각만 자꾸 든다는
중얼거림이 술잔을 타고 돌았고 조금씩 조용해지자 작은 술집에 음
악 소리가 날아다녔고 할로겐 불빛이 어린 손가락으로 뺨을 어루만
졌고 다들 조금씩 붉어졌고 맑어졌고 슬픈 안색이 되었고 그러자 11
월에는 첫눈이 내린다고 누군가 말을 했고 정말 추운 모습으로 서 있
어 아무도 거들떠보지 않지만 가장 아름다울 수 있다고 덧붙였고 11
월의 거리를 뒤덮는 플라타너스 잎사귀는 내년으로 부치는 편지의 우
표이며 11월의 구름은 유효 기간이 지난 소인이라고 중얼거렸고 입술
이 갈라지고 피로에 어두워진 얼굴로 나는 11월처럼 아름답지 않다.

누구의 시선도 머물지 않는다.
11월은 이런 생각이 들게 하는 바람이 뼈를 적셔서
가장 싫어하는 달.
아주아주 슬픈,
달.

진짜 내 몸은 껍데기./다시 배를 채우고 떠나기 위해

- 이민하 〈개랑 프라이〉 중

▼ ▼ ▼ ▼

계란에 대해서라면 할 말이 많다. 헐벗었던 자취 초기 시절에 가장 자주 먹었고, 또 가장 먹고 싶었던 반찬이 계란 프라이였다.

근 십 년에 걸친 도시락 시절, 외할머니께서는 밥 위나 밑에 계란 프라이 한 장씩을 놓아 주시곤 했다. 일제 강점기에 태어나 임신한 몸으로 전쟁을 겪고, 자기 자식 셋에 형님네 자식들과 소박맞고 정신을 놓아 버린 시누이에 매섭기만 했던 시어머니, 평생을 좌절과 자기혐오로 끝내 자유롭지 못했던 남편 밑에서 하루하루 반찬값을 타며 살아야 했던 외할머니. 외할머니께서는 세월이 아무리 좋아져도 계란을 따라가는 고급 반찬이 없었다.

미숙아에 팔삭둥이로 태어나 입원과 퇴원을 반복하며 울기만 하는 첫 손녀에게 외할머니께서 하실 수 있는 것은 그야말로 '먹이는 것' 외에는 없었다. 허기만 면하면 바로 밥상을 외면하는 나를 숟가락을 들고 쫓아다니며 한 입이라도 더 먹이려고 애쓰셨던 외할머니. 정작 나는 밥에 누렇게 배인 기름내가 싫어서 계란이 얹힌 부분의 밥을 숟가락으로 긁어내 버리곤 했다.

외할머니께선 어느 날 쓰러지셔서 십 년이 넘도록 일어서지 못하고 계신다. 아이로 되돌아간 외할머니 앞에서 앨범을 펼치고 밤이 새도록 이야기를 하다가 화장실에서 울었던 날들은 또 얼마나 아득하게 먼가. 지금도 외가에 가면 하시는 말씀이 '먹이는 일'뿐이다. 내가 걸을 수만 있다면 네 자취방에 가서 반찬도 해주고, 밥도 해주고, 곰국도 고아 주고, 밤에 출출하면 계란도 삶아 줄 텐데.

텅 빈 내 냉장고에 들어 있는 음식이라고는 생수와 맥주, 그리고 계란 몇 알이 전부이다. 잠이 오지 않는 밤이면 냉장고 문을 열고 계란을 꺼내 손안에 넣고 가만히 굴려 본다. 최근 불어난 체중과 더욱 불어날 체중을 생각하며 결국은 소심하게 계란을 다시 꽂아 놓는다.

가끔 잠이 영 오지 않는 밤이면 냄비에 물을 담아 계란을 삶기도 한다. 반숙은 끓는 물에 8분, 완숙은 12분. 의자를 끌어다 놓고 가스레인지 앞에 앉아 시간을 재면서 계란에 대해 생각한다. 계란 좋아하세요?, 물으면 사람들의 얼굴에 떠오르던 표정에 대해, 우리 모두가 오후의 골목처럼 가지고 있을 계란에 대한 숱한 말들에 대해.

이제 아주 멀리 고양이의 길을 가요 고요한 새벽마다 울음소리를 연습했답니다 그건 고양이의 것이죠 달빛처럼 바람소리처럼 나는 내가 무슨 말을 하는지 영영 모를 거예요

- 김행숙 〈고양이군의 수업시대〉 중

▾   ▾   ♥   ▾

열여섯의 곱절이 넘는 시간을 살아오고도
계절이 바뀌는 이런 밤이면 가끔 시간이 느려지는 것을 느낀다.
Y 언니가 골라 준 초록색 물고기가 내 빨간 가방 끈에 매달려 달랑거린다.
저 물고기가 헤엄친 오늘밤은 드러난 팔에 소름이 돋았다.

바람이 차다. 벌써, 9월이다.

이미 난 소진할 연차가 없다.

슬퍼라.

감기가 몸을 열고 들어오는 것을 느낀다.

생강을 넣고 뜨겁게 끓인 차를 마시고 싶다.

하지만 찬장을 다 털어도 집에는 커피뿐이네.

내 삶은 나보다 오래 지속될 것만 같다

- 신해욱 〈축, 생일〉 중

▼　　▼　♥　▼

열일곱 살 무렵에는 스물다섯 살이 가장 위대해 보였다. 스물다섯 살
인 과외 선생님을 짝사랑했다. 초지일관 고집하던 스웨터. 단벌이었
던 그 옷에서 풍기던 담배 냄새가 어른의 무엇처럼 느껴졌던, 새처럼
파닥이는 심장을 가졌던 사춘기.

스무 살 무렵에는 서른 살이 가장 위대해 보였다. 유명한 노래 때문

이었을지도 모른다. 청춘이 무엇인지 어렴풋이 만질 수 있다고 믿었던 시기에 서른은 청춘을 떠나서 인생의 회색 지대로 진입하는 문턱처럼 보였다. 서른이 넘으면 왠지 신산한 삶을 머리에 짊어진, 마른 쇄골이 툭 튀어나온 여자가 되어 있을 것 같았다. 조로한 이미지가 마음에 들었던, 다소 퇴폐적인 낭만으로 비뚤어진 대학 시절이었다.

스물아홉에 아프지 않았다. 서른셋에 갑자기 무릎이 꿇렸다. 스물일곱에 스물아홉인 선배에게 넌 외로움을 너무 많이 타서 일찍 결혼할 거라는 예언을 들었다. 신탁은 이루어지지 않았다. 외로움은 누구보다 많이 타지만 겁도 그만큼 많다는 사실을 선배는 몰랐다.

서른다섯을 넘기면서 나이에 초연해졌다. 물론 이전에도 나이를 생각하고 살아 본 적은 없었다. 삶은 순간순간 색을 달리하며 넘어오는 대양의 파도였다. 물끄러미 서서 갖가지 색깔로 물드는 발목을 바라보는 것이 내가 시간을 견디는 방법의 전부였다.

며칠 전 서른아홉인 친애하는 언니의 생일 파티를 준비하며 생일 케이크 위의 초를 두어 개 뺐다. 그녀는 요즘 부쩍 내년이면 마흔이라는 말을 많이 한다. 나이가 꼭 숫자에 불과하지는 않겠지만, 내 몸에 새겨진 물결무늬들을 헤아리는 것도 좀 더 깊은 눈으로 삶을 건너가는 방법이겠지만, 나이에 연연하지 않는다.

어린 나이에도 다 산 사람처럼 푸스스한 영혼이 있고,
백발이 성성해도 새처럼 힘차게 움직이는 날개 근육을 심장에 가진
사람도 있다.
살아간다는 건 결국 영혼에 DNA와도 같은,
유일무이한 무늬를 새겨 넣는 일이다.
그러니 이제 나는 어떤 나이에도 감탄하지 않는다.
모든 나이가, 아니 모든 사람들이 내겐 너무도,
위대해 보인다.

·

당신을
기억하는
슬픈 버릇이
있다

초판 1쇄 인쇄 2014년 6월 20일
초판 1쇄 발행 2014년 6월 27일

지은이 이용임

펴낸이 박세현
펴낸곳 서랍의날씨

기획위원 김근·이영주
편집 김종훈·이선희
디자인 강진영
일러스트 최지원
영업 전창열

주소 (우)121-250 서울시 마포구 성산동 275-60번지 교홍빌딩 305호
전화 070-8821-4312 | **팩스** 02-6008-4318
이메일 fandombooks@naver.com
블로그 http://blog.naver.com/fandombooks

등록번호 제25100-2010-154호

ISBN 978-89-94792-87-3 03810

서랍의날씨는 팬덤북스의 인문·문학 브랜드입니다.